하북팽가 검술천재 30

2024년 6월 20일 초판 1쇄 인쇄
2024년 6월 25일 초판 1쇄 발행

지은이 이도훈
발행인 김관영

기획 박경무 강민구 임동관 조익현 최시준 신정윤
책임편집 주현진
마케팅지원 유형일 장민정

발행처 (주)로크미디어
출판등록 2003년 3월 24일
주소 서울시 마포구 마포대로 45 일진빌딩 6층
Tel (02)3273-5135 **Fax** (02)3273-5134
홈페이지 rokmedia.com **E-mail** rokmedia@empas.com

ⓒ 이도훈, 2022

값 9,000원

ISBN 979-11-408-2510-3 (30권)
ISBN 979-11-354-7650-1 04810 (세트)

차
례

추적

한빈의 목소리는 딱 강유찬이 들릴 정도로 작았다.

그 목소리에 강유찬의 눈이 커졌다.

흔들리는 그의 눈빛.

그것도 잠시, 그의 눈에서 희망이라는 감정이 피어났다.

그가 낮은 목소리로 말했다.

"진짜 자네인가?"

"뭐, 그건 저도 묻고 싶은 말입니다. 진짜 강 대인이 맞습니까? 금의위의 수장이 왜 이런 곳에 있습니까?"

맞받아치는 한빈의 모습에 강유찬의 표정이 풀렸다.

금의위의 수장이라는 것을 알면서 이렇게 받아칠 수 있는 사람은 드물었기 때문이다.

강유찬이 재빨리 답했다.

"공주 마마가 위험하네."

"공주 마마라니요?"

"일단 잠시 시간을 좀 벌어 주게. 아니, 시선이라도 좀 끌어 주게."

강유찬이 상대를 가리켰다.

달빛이 숲을 비추고 있지만, 그들의 모습은 잘 보이지 않았다.

더욱이 모두 검은 무복을 입고 있었다.

한빈은 그들의 모습에 안도의 한숨을 내쉬었다.

바로 검은 무복과 복면 때문이었다.

검은 무복에 검은 복면이라?

분명히 백경의 인물은 아니었다.

반년 뒤에 백경의 회의에 참석하기로 했지만, 사실 백경의 인물이라면 이제 지긋지긋하다.

그들과 만나면 목을 내놓고 칼날 위를 걷는 기분이었다.

물론 그에게 얻은 것도 많았다.

그들이 아니었다면 열 개의 천급 구결은 꿈도 못 꿨을 것이다.

열 개의 천급 구결까지 남은 숫자는 딱 하나.

그마저도 조만간 완성할 수 있을 터였다.

한빈은 강유찬에게 속삭였다.

"아군에게 바닥에 바싹 엎드리라고 하십시오, 대인."

"일단 알았네."

강유찬이 휘파람을 불었다.

휘익.

그 소리에 여기저기서 부스럭거리는 소리가 들렸다.

동시에 그림자들이 꺼졌다.

강유찬의 수하들이 모두 고개를 숙인 것이다.

한빈은 재빨리 품속에서 은침을 꺼냈다.

그러고는 손 위에 내공을 불어 넣었다.

수십 개의 은침에 균열이 생겼다.

뚜둑.

은침이 잘게 바스러졌다.

스르륵.

파혼장의 기운이 은침을 가루로 만든 것이다.

가루가 된 은침을 확인한 한빈은 재빨리 용린검법의 초식을 떠올렸다.

'백발백중!'

한빈은 아무렇지 않게 주변에 가루가 된 은침을 흩뿌렸다.

피픽. 픽.

마치 수백 발의 화살이 동시에 날아가듯 날카로운 소리가 주변에 울려 퍼졌다.

이어서 울리는 비명.

"내, 내 눈이!"

한빈은 재빨리 손가락을 튕겼다.

딱!

그 소리에 설화가 백색 무복을 펄럭이며 뛰어왔다.

설화의 손에는 횃불이 들려 있었다.

그 뒤를 이어서 청화와 소군 그리고 백미랑까지 도착했다.

옆을 보니 강유찬은 자리에서 사라져 있었다.

저들의 발목을 잡아 달라더니, 급한 이유가 있는 듯 보였다.

강유찬을 따라갈까 했지만, 한빈은 포기했다.

지금 강유찬을 따라가는 것은 득보다 실이 많았다.

이 달밤에 그를 따라가려면 발본색원의 초식이 필수였다.

하지만 그걸 지금 쓰게 되면, 정작 중요할 때 발본색원의 초식을 사용하지 못할 수도 있었다.

일단은 초식을 아껴 두고 이곳의 상황을 정리하는 것이 먼저였다.

한빈이 주위를 향해서 외쳤다.

"저는 강유찬 대인의 동료입니다! 이제 일어나셔도 좋습니다!"

바닥에 엎드렸던 강유찬의 수하들은 그제야 자리에서 일어났다.

그들은 모두가 황금색 허리띠를 두르고 있었다.

일어난 이들이 경계의 눈빛으로 검을 들었다.

그도 그럴 것이, 지금 이곳에 모여 있는 사람은 한둘이 아니었다.

뒤쪽에는 초아를 비롯한 백경의 수하들이 하얀 무복에 백색의 검집을 들고 있었으며, 가까이에는 두 거구의 사내가 창을 들고 있었다.

창을 들고 있는 이는 악비광과 양예신이었다.

거기에 중간에 배치된 적혈맹호대까지.

조금 전까지 생사를 걸고 적과 싸웠던 이들이었다.

동료라는 한마디에 안심하는 것이 오히려 이상했다.

사실 그들이 가장 경계하고 있는 것은 다름 아닌 심미호였다.

곡괭이를 들고 있는 심미호의 모습은 누가 봐도 보통 무림인 같아 보이지는 않았다.

한빈이 고개를 돌려 심미호에게 손짓했다.

"심 부대주."

심미호가 재빨리 뛰어왔다.

"주군, 부르셨어요?"

"심 부대주, 부탁이 하나 있는데."

"말씀만 하세요, 주군."

"그 곡괭이 좀 어떻게 해 봐. 이분들이 겁먹잖아."

"아, 곡괭이요. 죄송해요."

심미호가 곡괭이를 뒤로 숨겼다.

물론 커다란 곡괭이를 가느다란 심미호의 체격으로 숨긴다는 것은 말도 되지 않았다.

하지만 중요한 것은 심미호가 일단 노력했다는 점이었다.

금의위도 그제야 경계심을 풀었다.

그중 수장으로 보이는 듯한 금의위 무사가 한 발 앞으로 나왔다.

"대체 뉘신지 말씀해 주십시오."

"저는 하북팽가의 사 공자 팽한빈이라고 합니다."

"아."

금의위 무사가 입을 벌렸다.

그때 양예신이 그들을 향해 포권했다.

"저는 신창양가의 양예신입니다."

"혁, 신창양가의 대공자이시군요."

신창양가의 이름이 나오자 금의위 무사가 바로 반응한다.

양예신의 등장 덕분에 신분 확인은 빠르게 끝났다.

통성명이 끝나고 본론으로 들어가야 할 시간.

"대체 어찌 된 일입니까?"

"그러니까……."

금의위의 무사가 이제까지 있었던 일을 설명하기 시작했다.

그들은 효명 공주를 호위해 불광사로 가는 길이라고 했다.

불광사는 섬서에서 가장 큰 사찰.

가을이 다가온 지금이 바로 불광사의 연등 행사가 시작되는 시기였다.

연등에 소원을 적어 불광사에서 가장 높은 불광탑에 걸어놓으면 소원이 이루어진다는 소문이 있었다.

효명 공주는 소원을 빌기 위해 불광사로 향하는 중이라고 했다.

그 후부터는 뻔한 납치극이라고 보면 되었다.

마차 앞을 막아선 통나무.

그 통나무를 치우는 도중에 습격.

이어진 효명 공주의 납치가 마지막에 일어난 일이라고 했다.

문제는 지금 바닥에 나뒹굴고 있는 자들이 몸통이 아니라는 점이었다.

효명 공주를 납치한 무리를 추적하고 있을 때 계속해서 자객들이 들이닥쳤다고 했다.

그들의 설명을 들은 한빈은 초아에게 턱짓했다.

한빈의 신호를 받은 초아가 재빨리 수하들에게 지시를 내렸다.

지금 한빈이 내린 지시는 바닥에 나뒹구는 자객들에게 정보를 캐내라는 뜻이었다.

백의 밑에서 눈칫밥을 꽤 먹었는지 초아도 눈빛만으로도

한빈의 뜻을 알아채는 단계에 이르렀다.

눈 깜짝할 사이에 검은 복면의 자객들이 한빈의 앞에 무릎 꿇었다.

한빈이 눈짓하자 초아와 수하들은 그들의 복면을 벗겼다.

한빈이 무심한 표정으로 말했다.

"이제부터 심문을 시작하겠다."

"……."

자객은 말없이 이를 악물고 있었다.

그 모습에 한빈이 옆을 보며 턱짓했다.

청화가 심각한 표정으로 상황을 바라보고 있었다.

청화는 이제 자신의 차례라는 것을 알고 있었다.

자객의 옆에 선 청화가 검지를 들어 자객의 오른쪽 어깨에 갖다 댔다.

"혹시 분근착골이라고 들어 봤어요?"

"……."

자객이 답하지 않자 청화가 검지를 통해 독기를 흘려보냈다.

이렇게 독기를 쓰는 것은 공독지체만이 쓸 수 있는 수법이었다.

근육을 뒤틀어서 고통을 주는 것이 아니라, 감각 자체를 긁고 있었다.

말하자면 근육과 뼈는 그대로 두고 혈맥을 안쪽에서 긁어대는 것과 비슷했다.

독기를 혈맥 안에 넣었다 빼면서 자연스럽게 신경을 긁는 수법.

일반적인 분근착골의 수법보다 수십 배는 더 고통스러운 방법이었다.

곧 독 기운이 자객의 몸으로 헤집기 시작했다.

순간 자객이 눈을 까뒤집었다.

하지만 절대 입은 열지 않았다.

청화가 조심스럽게 말했다.

"이제 말하시죠."

"……."

자객은 굳게 입을 닫은 채 몸만 벌벌 떨고 있었다.

청화는 이들이 보통이 아니라고 생각했다.

무공을 봤을 때는 소모품에 불과했지만, 이들이 고문을 인내하는 모습은 제법 의연했다.

자신의 수법에 당하고도 참는다고?

도저히 이해가 되지 않았다.

첫 번째 자객은 버티다가 정신을 잃었다.

두 번째 자객도 마찬가지였다.

이쯤 되자 청화는 오기가 생겼다.

슬슬 강도를 높이기로 했다.

청화는 한빈에게 자신의 능력을 보여 주고 싶었다.

묘하게도 이번 영웅 대회에서는 자신이 나설 일이 없었다.

그런데 지금 자신이 활약할 수 있는 판이 펼쳐진 것이다.

문제는 아무리 강도를 높여도 그들이 절대 입을 열지 않는다는 점이었다.

청화는 한빈의 의도를 정확히 알고 있었다.

강유찬이 오기 전에 이들을 통해 최대한 정보를 모으려고 하는 것이 분명했다.

그렇다면 시간이 얼마 남지 않았다.

금의위로부터 들은 이야기에 따르면 시간이 꽤 지체되었다.

한밤에 그들을 추격한다는 것은 불가능할 터.

강유찬은 일단 이곳으로 와서 일행과 합류할 것이다.

그 안에 정보를 얻어야 했다.

사실 독으로 상대를 고문하는 것이 처음 있는 일은 아니었다.

천독의 밑에 있으면서 수많은 이의 자백을 받아 냈다.

그런데 이번처럼 버티는 자는 처음이었다.

입술을 깨문 청화가 계속해서 독 기운의 강도를 높였다.

그 모습을 보던 초아는 고개를 갸웃했다.

자신이 나선다면 바로 정보를 얻어 낼 수 있을 것 같았기 때문이다.

초아는 청화가 무르다고 생각했다.

청화의 수법을 정확히 모르기에 가능한 착각이었다.

초아는 아직 청화가 공독지체를 이룬 인물이라는 것을 알지 못했다.

초아는 참지 못하고 자리에서 일어나 자객들이 있는 곳으로 걸어갔다.

그때 설화가 초아의 소매를 잡았다.

"언니, 어딜 가요?"

"아무래도 내가 나서야 할 것 같아."

"그게 무슨 말이에요. 청화는 누구보다 잘하고 있는데요."

"저렇게 입을 열지 않고 있는데 잘하고 있다니?"

"아혈을 제압당했는데 어떻게 입을 열어요?"

"잠시만, 그게 무슨 말이야?"

"공자님이 암기를 날리면서 저들의 마혈과 아혈을 모두 제압했어요."

"그러니까, 아혈을 제압해 놓고 입을 열라고 한다는 말이야?"

"그렇죠. 저러면 두려움이 극에 달하거든요."

"그럼 모든 게 계획이라는 거야?"

"아마도……."

설화는 어설프게 고개를 끄덕였다.

청화가 알고 있을까 하는 의문이 들어서였다.

초아는 조용히 청화와 한빈을 번갈아 봤다.

어찌 보면 전에 모시던 백보다도 더 힘든 주인일 수도 있다고 생각했다.

모두의 시선을 한 몸에 받은 청화가 이를 악물었다.

"이번에는 목숨을 장담할 수 없을 거예요. 저도 이제 슬슬 한계니까요."

청화가 마지막 자객을 향해서 손을 뻗었다.

그 순간 한빈이 스르륵 나타났다.

"청화야, 그만."

"저 더 할 수 있어요. 어떻게든 알아낼게요."

"이제 그만해도 돼."

"그래도……."

청화가 고개를 푹 숙일 때 한빈이 마지막 자객을 향해 손을 뻗었다.

픽.

순간 자객의 입이 열렸다.

"모든 것을 말하겠습니다. 제발 건들지만 마십시오. 다 말하겠습니다."

자객은 쉴 틈 없이 입을 놀렸다.

갑작스러운 모습에 모두가 눈을 크게 떴다.

금의위 무사들마저도 서로를 바라보며 역시 혈랑공자라는 말을 했다.

가장 충격을 받은 것은 청화였다.

공독지체의 능력을 모두 써도 입도 뻥끗 안 하던 자객이, 한빈의 손놀림 한 번에 술술 불고 있는 것이 현실처럼 느껴지지 않았다.

물론 잠시 뒤 다가온 설화의 설명에 청화가 입을 벌렸다.

정보를 얻기 위한 고문이 아닌, 고문을 위한 고문을 했다는 것에 청화는 충격을 받은 것 같았다.

그것도 잠시, 청화는 한빈에게 도움이 되었으면 괜찮다며 콧노래를 불렀다.

그 옆에서는 자객이 술술 자백을 하고 있었다.

자객은 살막 출신이라고 했다.

거기까지 확인한 한빈이 고개를 갸웃했다.

"살막이 황실의 일에 관여했다고?"

"화, 황실이라니, 그게 무슨 말씀입니까?"

자객의 눈이 커졌다.

오히려 자객이 더 놀란 상황.

그 표정을 보면 진심인 것 같았다.

자객은 정신이 나가 있었다.

살수는 죽음을 가까이하는 훈련이 되어 있어, 웬만하면 죽음을 두려워하지 않는다.

그러니 이 살수가 두려워하는 것은, 죽음이 아니라 바로 벌집이 아닌 호랑이 굴을 쑤셔 놨다는 두려움 때문일 것.

황실은 어찌 보면 호랑이 굴.

황가를 건드렸다는 것은 삼족을 멸할 죄를 지었다는 의미다.

아마도 자객에게는 가족이 있을 터.

인연이 끊긴 가족 말이다.

하지만 황실이라면 인연이 끊겼다고 하더라도 어떻게든 친족을 찾아내 벌을 내릴 것이 분명했다.

한빈은 팔짱을 끼고 어딘가를 바라봤다.

자객이 바라보는 방향이다.

아마도 그쪽이 자객의 가족이 있는 방향 같았다.

한빈이 평범한 무림세가의 자제라면 이런 기분을 모를지도 모른다.

하지만 전생의 한빈은 보통 무인이 아니었다.

어찌 보면 살수 혹은 첩자의 역할을 할 때가 많았다.

그래서 자객의 감정을 읽을 수 있었다.

표정으로 봐서는 자객의 말은 사실이었다.

그런데 여기서 문제가 하나 있었다.

일선에서 뛰는 살수들은 상대가 황실인지 모를 수는 있었다.

하지만 살수 집단의 수장이 상대를 모르게 의뢰를 받았을 리는 없었다.

살막이면 흑천과 함께 중원 최고 살수 집단 중 하나로 불리는 곳.

묘하게도 두 집단은 모두 한빈과 연이 있었다.

흑천은 설화의 전 소속이었다.

그리고 살막은 안면이 있는 흑의살풍이 몸담았던 살수 집단.

그뿐이 아니라 살막의 이인자, 즉 부막주는 한빈과 아는 사이였다.

달그림자라고 자신을 소개한 부막주는 당분간 일을 받지 않을 것이라고 했다.

살수 의뢰를 받지 않는다고 선포해 놓고 황실의 일에 개입한다고?

뭔가 냄새가 진하게 풍겨 왔다.

황실의 일에 개입했다는 것은 살막의 내부 판도가 바뀌었다는 말이었다.

아마도 부막주 달그림자는 무사하지 못할 수도 있었다.

백경의 짓일까?

아직 속단하기는 일렀다.

살막을 부품처럼 사용하는 집단이라?

백경을 제외하고는 손에 꼽을 정도다.

가장 먼저 떠오르는 집단은 황실 내부.

문제는 이 정도로 철저히 일을 처리하는 집단이라면 홀로 흔적을 찾아 나선 강유찬을 그냥 둘 리 없다는 점이다.

한빈의 표정을 본 설화가 다급하게 물었다.

"공자님, 어떻게 된 거죠?"

"아무래도 살막에 문제가 생긴 것 같구나."

"살막이라면……."

"황실의 일에 개입한 것을 보면 살막에 일이 생긴 것 같아."

"제가 가 볼까요?"

"청화와 둘이서 출발해라."

"저희만 믿으세요."

설화가 가슴을 팍팍 치자 청화도 눈을 빛냈다.

그 모습에 한빈이 다시 당부했다.

"그냥 동태만 살피고 오거라. 절대 내부에서 일어나는 일에 끼어들지 말아야 한다. 그냥 지켜보기만 해라."

"걱정하지 마시라니까요, 공자님."

설화가 청화의 손을 잡았다.

그때 한빈이 품속에서 비단 주머니 하나를 꺼냈다.

"위험할 때 이걸 쓰거라."

"목숨이 위험하다고 생각할 때 이걸 펴 보면 되는 거죠?"

"아니. 그걸 적에게 주면 된다."

"적에게요?"

"절대 중간에 펴 보지 말고."

"네, 알았어요. 공자님."

"그럼 지금 출발하거라."

말을 마친 한빈은 뒤를 돌아봤다.

뒤쪽에는 초아가 눈을 빛내고 있었다.

자신의 차례라는 것을 본능적으로 알고 있는 것이 분명했다.

한빈은 낮은 목소리로 말했다.

"지금부터 원래 자리로 돌아간다."

"네?"

"목적지는 칠음현이다. 일시는 보름 이내. 알았나?"

"명 받들겠습니다."

"그리고 소군도 맡도록."

그제야 초아가 고개를 끄덕였다.

원래의 자리로 돌아가라고 했던 것은 백경의 배를 말함이었다.

그 배를 몰고 칠음현의 나루터에서 대기하라는 것이 한빈의 명령이었다.

거기에 더해 적을 맞이할 준비를 보름 이내로 마치라는 뜻이었다.

중간에 생략된 단어가 많았지만, 초아는 알아들을 수가 있었다.

한빈이 이번에는 소군을 바라봤다.

"소군은 언니들을 돕도록."

"언니들을요?"

"그래, 초아를 말하는 거야. 도울 수 있지?"

"네, 저도 명 받들게요, 공자님."

소군이 다른 이가 했던 것처럼 깊숙이 포권했다.

이제 남은 이들이 뜨거운 시선으로 한빈을 바라봤다.

한빈은 그 눈빛의 뜻을 알고 있었다.

자신에게도 임무를 맡겨 달라는 뜻이었다.

한빈이 말했다.

"양 공자와 악 공자는 나와 함께 흔적을 추적합시다."

"기꺼이 돕겠소."

양예신이 얼굴에 미소를 피워 냈다.

그는 창을 꼬나 쥐고 언제라도 출수할 준비를 했다.

한빈은 재빨리 그를 말렸다.

"일단 창은 넣어 두시지요. 적에게 가기까지는 갈 길이 멉니다."

"알았소."

한빈이 막 출발하려고 하자, 금의위의 무사 중 하나가 앞으로 나섰다.

"저희에게도 임무를 주십시오, 혈랑공자."

"여기 남아 있는 자객들을 관아에 넘기십시오."

"흠, 이들은 저희가…….."

"이자들을 북경으로 끌고 갈 생각은 아니시겠죠? 이들을 넘기고 몸부터 회복하시죠. 그리고 시간이 남는다면 추가 병력을 부탁드립니다."

"알겠습니다, 혈랑공자."

"혹시 호칭 좀 바꿔 주실 수 있나요?"

"그게 무슨 말씀이신지요?"

"조금 지난 별호라서요. 요즘은 모두 저를 진룡소협이라고 부릅니다. 청운사신과 적룡대협의 공동 전인이기도 하고요."

"아, 그렇군요. 앗! 그 진룡소협이 혈랑공자와 동일인이었습니까?"

"네, 바로 접니다."

한빈이 고개를 끄덕이자 금의위 무사들의 눈빛이 바뀌었다.

일단 상황이 정리되자 이번에는 심미호가 적혈맹호대가 모인 곳으로 돌아갔다.

한빈은 심미호에게 별도로 명령을 내리지 않았다.

심미호가 돌아가자 조호가 고개를 갸웃했다.

"저희에게는 왜 지시를 안 내린 거죠, 부대주? 혹시 저희는 이제 버려진 겁니까?"

"우리가 왜 버려져? 너는 주군이 시키지 않으면 그냥 놀고 있을 거야?"

"그게 무슨 말이에요?"

"우리의 원래 임무가 뭐지?"

"그야……."

조호가 고개를 갸웃했다.

본래 임무라고 하니 확 떠오르는 것이 없었다.

그들의 임무가 워낙 광범위했기 때문이다.

적혈맹호대의 규칙만 봐도 그렇다.

규칙을 떠올린 조호가 말했다.

"흠, 하북팽가의 정기를 수호하며 강호의 도리를 바로잡는 일이요?"

"규칙 말고 진짜 임무 말이야. 우리가 누구 거야?"

심미호가 눈을 가늘게 뜨자 조호가 재빨리 답했다.

"그야 주군의 것이죠. 아, 그러고 보니……."

"그래, 주군의 호위가 우리의 주된 임무 아니겠어?"

"우리가 주군을 호위해요?"

조호가 난감한 듯 심미호와 한빈을 바라봤다.

한빈을 호위한다는 것은 한 번도 생각지 못한 일이었다.

처음에는 한빈에게 불만이 있어서 호위할 생각이 없었다.

나중에 한빈을 진정한 주군으로 모시기로 한 후에는 말도 안 되는 경지의 차이 때문에 호위할 생각을 못 했다.

구걸십팔보를 완벽히 펼치는 한빈을 쫓을 수도 없었다.

대상을 쫓을 수도 없는데 어떻게 호위를 한단 말인가?

호위하고 싶어도 할 수 없었다.

조호의 표정을 본 심미호가 뿌듯한 표정으로 말했다.

"이제 우리를 인정해 주신 거지. 이제까지 우리가 얼마나 고생했어?"

"혹시 말이에요……."

"뭐가?"

"주군의 뜻이 그게 아닐 수도 있잖아요."

"그럼 다른 지시를 내리셨겠지."

"아."

조호가 입을 벌렸다.

옆에 있던 장삼도 주먹을 불끈 쥐었다.

나머지 대원들도 눈을 빛냈다.

그때였다.

뒤쪽에서 암기가 날아왔다.

휙.

심미호는 반사적으로 암기를 잡았다.

암기를 본 심미호는 고개를 갸웃했다.

그녀가 허공에서 낚아챈 것은 암기가 아니라 쪽지였다.

반대쪽에서는 한빈이 의미심장한 표정으로 고개를 끄덕이고 있었다.

펼쳐 보라는 신호였다.

쪽지를 펼쳐 내용을 확인한 심미호의 눈이 커졌다.

쪽지에는 동서남북의 방향으로 네 자가 적혀 있었다.

십(十), 리(里), 원(遠), 사(死).

쪽지를 확인한 심미호가 조호에게 말했다.

"주군의 지시는 호위가 아니었어."

"그럼 뭔데요? 대체 이게 무슨 말이에요?"

"십 리 이상 떨어지면 죽는다는 뜻 같아."

"그게 무슨 말이에요? 부대주."

"어떤 일이 있어도 구걸십팔보의 속도에 맞춰야 한다는 얘기지."

"그럼……. 이제 행복 끝 고생 시작이란 건가요?"

"뭐, 비슷하지. 일단 짐부터 확인하고 볼일부터 끝낸다!"

심미호가 수하들에게 외쳤다.

그 모습을 확인한 한빈은 자리에서 사라졌다.

사사 삭.

그 뒤를 이어서 양예신과 악비광이 다급하게 한빈의 뒤를 쫓았다.

심미호가 오른손을 뻗으며 외쳤다.

"주군, 같이 가요!"

한빈이 사라진 방향에서는 찬바람만 불어올 뿐이었다.

심미호는 주변을 돌아보다가 재빨리 구걸십팔보를 펼쳤다.

생각해 보니 한빈에게 맞출 필요는 없었다.

한빈의 뒤를 따르는 양예신과 악비광 정도는 따라잡을 수 있을 것 같았다.

하지만 흔적을 놓치면 아예 쫓을 수도 없다는 것이 문제였다.

심미호가 뛰자 볼일을 보러 수풀로 들어갔던 적혈맹호대 대원들이 우르르 몰려나왔다.

"부대주님, 같이 갑시다!"

조호가 외쳤다.

물론 심미호는 속도를 줄이지 않았다.

쫓다 보니 양예신과 악비광의 경공도 만만치 않았다.

심미호는 이 모든 것이 한빈의 배려라고 생각했다.

지금은 추적술과 경공술을 한 번에 시험해 볼 기회였기에 내린 지시라고 생각했다.

주군인 한빈은 적혈맹호대에 기회를 주고 있는 것이 분명하다.

심미호는 이렇게 생각했다.

그때 조호가 심미호의 곁에 따라붙었다.

"다 같이 모여서 가야 하지 않을까요? 부대주님."

"아니야. 지금 주군의 발자취를 놓치면 눈 깜짝할 사이에 십 리를 벗어날 거야."

심미호가 속도를 더욱 높였다.

앞서가던 한빈은 조용히 뒤를 돌아봤다.

일정 거리에서 양예신과 악비광이 쫓아오고 있었다.

그 뒤로 적혈맹호대가 중구난방으로 따라오고 있었다.

이것은 한빈이 바라던 바였다.

한빈은 자객들을 심문하면서 한 가지 사실을 느꼈다.

바로 눈에 보이지도 않을 거리에서 누군가가 이곳을 관찰하고 있다는 것이었다.

용린의 기운이 아니었다면 한빈은 그 기척을 눈치채지 못했을 것이다.

그래서 모두를 나누어서 보냈다.

그것도 모자라 적혈맹호대의 흔적으로 자신의 흔적을 지우려 하는 것이다.

여기서 조금만 더 속도를 높이면 심미호도 따라오지 못할 터였다.

처음부터 그들에게 벌을 줄 생각은 조금도 없었다.

절실함이 없으면 지금처럼 정신없이 따라오지 않을 것이 분명했기에 정한 조건이었다.

흔적을 지우라고 명령을 내린 것보다 지금의 지시가 현재 상황에서는 합당했다.

한빈은 재빨리 용린검법의 초식을 떠올렸다.

'발본색원!'

순간 기감이 넓게 퍼져 나갔다.

발본색원으로 찾을 자는 강유찬이 아니었다.

바로 효명 공주였다.

물론 효명 공주를 구하는 것은 최종 목표가 아니다.

효명 공주만 구하면 아무 소용이 없다.

현비와 효명 공주를 노리는 자를 찾아야 이번 계획이 끝난다.

기감을 퍼뜨리자, 이전에 경험한 것처럼 눈앞에 용린의 붉은 기운이 나타났다.

다행히도 발본색원이 허용하는 범위 안에 있는 것 같았다.

눈앞에서 붉은색 용린이 방향을 알려 주니 말이다.

한빈은 재빨리 방향을 살폈다.

그러고는 속도를 더욱 높였다.

시간이 허용하는 한도 내에서 빨리 효명 공주를 납치한 이들을 따라잡아야 했다.

그곳에 도착하면 강유찬은 자연스레 만날 것이었다.

한빈이 속도를 높이자 뒤쪽에서 악비광이 외쳤다.

"가, 같이 가시죠, 형님!"

그와는 다르게 옆에 있던 양예신이 속도를 높였다.

"팽 공자가 다급한 모양이오. 우리도 속도를 높여야 할 것 같소."

속도를 높이자는 양예신의 말에, 악비광은 이를 악물었다.

창에서도 경공술에서도 지기 싫었기 때문이다.

친해졌다고는 하나, 창에 대한 자부심으로 똘똘 뭉친 악비광. 그의 경쟁심이 사라졌을 리 없었다.

그도 그럴 것이, 산동악가와 신창양가는 강호에서 창으로 유명한 가문이었다.

창이라면 군부에서 가장 효율적인 무기로 통한다.

내공이 없는 병사들이 멀리 있는 적을 찌르기에 창만큼 좋은 병기는 없었다.

물론 활 같은 원거리 무기를 제외하고 말이다.

덕분에 양가나 악가 모두 내공의 운용보다는 기술 쪽의 초식이 핵심이었다.

사실 한빈이 아니었다면 두 가문은 거의 만날 일이 없었다.

그런데 다음 세대를 이끌어 가야 할 소가주 둘이 만난 것이다.

그러니 경쟁심이 사그라지지 않는 것은 당연했다.

악비광은 이를 꽉 깨물었다.

앞서가는 한빈과 양예신을 따라잡기 위해 온몸의 내공을 끌어올렸다.

적을 만나서 쓸 내공 따위는 상관없었다.

그저 지금 당장 양예신을 따라잡는 것이 중요할 뿐이었다.

파파박.

내공을 끌어올리자 악비광의 발밑에서 흙먼지가 피어났다.

그때였다.

앞서 달려가던 한빈이 멈추며 소리 질렀다.

"천근추의 수법으로!"

갑작스러운 움직임에 뒤따르던 양예신도 다급하게 천근추의 수법을 펼쳤다.

천근추는 내공을 높여서 무게중심을 아래로 낮추는 것이 핵심이었다.

탁.

양예신이 한빈의 조금 앞쪽에서 걸음을 멈췄다.

그러고는 고개를 갸웃했다.

"팽 공자! 왜 갑자기 멈추라고…….."

양예신은 말을 잇지 못했다.

앞쪽에 안개가 보였기 때문이다.

이곳에 뛰어오면서 봤던 것은 분명히 평지였다.

그런데 갑자기 안개가 깔려 있다니!

양예신은 창으로 앞을 찍었다.

몸을 고정하기 위해서였다.

순간 양예신이 눈을 크게 떴다.

바닥이 느껴지지 않았기 때문이다.

마치 허공에 창대를 찍은 느낌이었다.

양예신은 재빨리 창을 회수했다.

그때였다.

그 뒤를 따라가던 악비광은 달려가던 속도를 주체하지 못하고 한빈의 앞을 지나쳤다.

그것도 잠시, 악비광의 신형이 사라졌다.

팍.

갑자기 사라진 악비광의 모습에 양예신이 손을 뻗었다.

하지만 그의 손에 잡히는 건 아무것도 없었다.

창을 바닥에 박을 때와 마찬가지로 허전했다.

양예신이 다급하게 소리쳤다.

"악 아우!"

가장 당황한 것은 악비광 본인이었다.

그는 지금의 상황이 잘못되었다는 것을 바로 깨달았다.

오른쪽 발이 힘없이 아래로 꺼졌기 때문이다.

그리고 눈앞에는 자욱한 안개가 나타났다.

다행인 것은 몸이 기울어지자 안개에서 벗어났다는 점이다.

이걸 다행이라고 할 수 없음을 깨달은 것은 순간이었다.

아래를 보니 천 길 낭떠러지가 펼쳐져 있었다.

이전에 보이던 풍경은 허상이 분명했다.

허상이 걷히자 안개가 나타난 것이다.

모든 것은 진법이 확실했다.

한빈이 천근추의 수법을 쓰라고 한 것이 그제야 기억났다.

악비광은 왼발에 진기를 보냈다.

그러고는 발가락을 움직였다.

무인의 신체에는 한계가 없다고 한 한빈의 말이 떠올랐기 때문이다.

악비광은 발가락에 진기를 담아서 바닥을 찍었다.

팍.

다행히도 몸이 고정되었다.

바위에 발가락을 꽂아 넣는 것에 성공한 것이었다.

산동악가 섬창의 수법을 손가락도 아닌 발가락으로 펼쳤다.

섬창은 아주 좁은 간격에서 상대를 찌를 수 있는 산동악가의 창법이었다.

평소라면 말도 안 되는 성공에 기뻐했겠지만, 아래 보이는 것은 바윗덩이들이다.

그때였다.

쩌적.

바닥 갈라지는 소리가 났다.

그러더니 발가락에서 느껴지는 감촉이 무뎌졌다.

발가락으로 지탱하고 있던 바닥이 갈라지는 것이 분명했다.

순간 몸이 아래로 떨어졌다.

휙.

그때였다.

떨어지던 몸이 멈췄다.

고개를 들어 보니 위쪽에서 한빈이 창을 한 손으로 잡고 있었다.

그 창은 악비광의 등에 고정되어 있었다.

"그만 올라와."

한빈의 목소리에 악비광이 정신 차렸다.

"아, 형님."

말을 마친 악비광은 몸을 틀어서 창을 잡고 재빨리 위쪽으로 올라왔다.

다시 위쪽으로 올라온 악비광이 한빈의 손을 잡았다.

"구해 주셔서 감사……."

"인사는 됐고. 상황부터 살피자고."

한빈은 반대쪽을 가리켰다.

악비광은 한빈을 따라 시선을 돌렸다.

반대편과의 거리는 적어도 오십 걸음은 되어 보였다.

악비광이 고개를 저었다.

"건너가기에는 너무 멀리 떨어져 있습니다, 형님."

"아무래도 그렇겠지."

"네, 돌아가는 것이 맞습니다."

"그렇다면 왼쪽으로 가야 할까? 아니면 오른쪽으로 가야 할까?"

한빈이 악비광에게 묻자, 악비광이 고개를 저었다.

"저도 이곳은 처음입니다."

그때 양예신이 나섰다.

"새들이 날아가는 방향으로 봐서는 왼쪽에 이어지는 길이 있는 게 분명합니다."

양예신이 왼쪽을 가리켰다.

한빈은 고개를 끄덕였다.

"그럼 내가 가서 보고 오지요."

"같이……."

"아닙니다. 진법이 펼쳐져 있으니 저 혼자 가서 보고 오는 편이 안전할 것 같습니다."

"알겠습니다, 팽 공자."

양예신이 순순히 고개를 끄덕였다.

한빈이 살짝 고개를 숙인 뒤 자취를 감추었다.

사사 삭.

낙엽 밟는 소리만 남기고 사라진 한빈.

그 자리를 본 양예신이 어색하게 웃었다.

자존심이라면 산서제일이지만, 한빈 앞에서 자존심을 세울 수 없었다.

지금도 한빈이 아니었다면 적의 함정을 발견할 수 없었을 것이다.

따라가더라도 짐만 될 뿐.

양예신은 자존심 때문에 판단을 그르칠 사람이 아니었다.

나라가 위태로울 때 장수의 신분으로 복귀해야 하는 것이 신창양가 무인의 숙명.

장수는 자신의 목숨이 아닌 수하들의 목숨까지 책임져야 하는 자리였다.

자신의 무공뿐 아니라 전체적인 상황을 파악하고 행동해야 했다.

양예신은 그런 훈련을 어릴 적부터 받아 왔다.

그는 무공서가 아닌 병법서를 더 많이 봐 왔던 무인이었다.

어찌 보면 다른 무림세가의 인물과는 다른 길을 걸어왔다.

양예신이 이번 일에 적극적으로 따라나선 이유는 한빈과의 인연 때문만은 아니었다.

가장 중요한 것은 나라에 대한 걱정 때문이었다.

금의위의 수장인 강유찬과는 이미 안면이 있었다.

그가 당할 정도의 인물에게 효명 공주가 납치되었다.

무슨 일인지는 몰라도 나라가 들썩일 것이 분명했다.

빨리 해결하지 못한다면 백성들에게도 피해가 갈 것이었다.

양예신은 일단 창대를 다시 들었다.

창대를 꼬나 쥐고, 주변을 경계했다.

한빈이 정찰을 마치고 돌아올 때까지 무사히 버텨야 했다.

그의 모습을 본 악비광도 표정을 수습하고 창대를 움켜쥐었다.

둘은 황궁을 지키는 경비 무사처럼 눈도 깜빡이지 않고 주
변을 경계했다.

그때였다.

뒤쪽에서 예상치 못한 바람이 불어왔다.

휙.

고개를 돌려 보니 정체불명의 신형이 눈에 보이지 않을 속
도로 다가오고 있었다.

양예신은 자신도 모르게 창대의 방향을 바꾸었다.

동시에 악비광도 뒤쪽으로 몸을 틀었다.

하지만 신형의 속도는 줄지 않았다.

순간 양예신이 눈을 크게 떴다.

다가오는 기운이 익숙했기 때문이다.

악비광도 마찬가지였다.

둘은 서로를 바라보며 동시에 외쳤다.

"팽 공자?"

"팽 형님?"

지금 그들을 향해 다가오는 기운은 분명히 한빈의 것이었
다.

그들이 눈을 크게 뜨고 있을 때였다.

주변에서 검을 뽑는 소리가 들렸다.

스릉.

동시에 검신에서 푸른 기운이 번뜩였다.

양예신과 악비광이 반응하기도 전에 한빈의 신형이 그들을 지나쳤다.

천 길 낭떠러지 아래로 말이다.

휘휙.

순간 양예신은 할 말을 잃었다.

"팽 공자!"

말도 되지 않는 상황이었다.

길을 찾겠다고 정찰을 떠난 한빈이 다시 돌아오더니 낭떠러지에 몸을 던지다니!

고개를 돌려 보니 악비광도 넋을 잃고 아래를 보고 있었다.

양예신이 물었다.

"지금 팽 공자가 확실하지요? 설마 우리가 환영을 본 건 아니겠지요?"

"차라리 환영이었으면 좋겠습니다. 아까 들이닥친 기운은 분명히 형님의 기운이었습니다. 뒤도 돌아보지 않고 몰아닥치는 그런 식의 공격은…… 허."

악비광 역시 할 말을 잃고 낭떠러지를 바라봤다.

그때 양예신이 고개를 갸우뚱했다.

"그런데 이상하지 않습니까?"

"뭐가 말입니까?"

"낭떠러지로 떨어졌다면 비명이나 부딪히는 소리라도 들려야 하지 않나요?"

"그러고 보니 뭔가 허전합니다. 잠시만요, 지금 소리가 들립니다."

악비광이 귀를 쫑긋하자 양예신도 소리에 집중했다.

양예신이 눈을 감았다.

악비광의 말대로 진짜 소리가 들리고 있었다.

그런데 신음이나 충격음 같은 것이 아니었다.

그것은 병장기 부딪치는 소리였다.

챙. 챙.

양예신은 재빨리 악비광에게 눈짓했다.

"경계를!"

"네!"

둘이 다시 창대를 고쳐 잡았다.

그들은 소리가 나는 방향으로 창대를 세우며 눈도 깜빡이지 않았다.

그때였다.

순간 앞의 광경이 바뀌었다.

낭떠러지 대신에 수풀이 나타난 것이었다.

양예신은 갑자기 바뀐 광경에 눈을 크게 떴다.

그때였다.

앞에서 들려오던 소리가 멈췄다.

수풀 사이에서 누군가의 발소리가 흘러나왔다.

터벅터벅.

발소리의 주인은 다름 아닌 한빈이었다.

한빈이 둘에게 손짓했다.

"이제 다 끝났으니 건너오시지요."

양예신은 그제야 어찌 된 일인지를 알아차렸다.

진법이 중첩된 것이다.

한빈이 적들을 물리치고 두 번째 진법을 파훼했기에, 환영은 모두 사라졌다.

악비광도 그것을 깨닫지 못할 리 없었다.

악비광이 한숨을 쉬었다.

"아까는 괜히 겁먹은 모습을 보였습니다, 양 형."

말을 마친 악비광이 앞으로 나갔다.

그때 한빈이 손바닥을 보이며 외쳤다.

"그만! 아래 조심하고."

악비광은 걸음을 멈추고 아래를 내려다봤다.

순간 악비광의 눈이 커졌다.

아래에는 낭떠러지 대신 깊게 파인 함정이 있었다.

그 함정 속에는 예리하게 앞을 깎아 놓은 죽창이 꽂혀 있었다.

순간 악비광은 등에 소름이 돋았다.

환영이 아니라도 결과는 천 길 낭떠러지로 떨어지는 것과 같았기 때문이었다.

지금 한빈이 아니었다면 같은 실수를 할 뻔했다.

악비광은 옆을 바라봤다.

양예신은 주변에 함정이 더 없는지를 살피고 있었다.

악비광은 양예신에게 나지막이 말했다.

"졌습니다, 양 형."

"그게 무슨 말씀입니까?"

"앞으로 많은 가르침을 주십시오."

"허허, 일단 함정은 없는 것 같으니 건너가시죠."

양예신이 앞을 가리키자 악비광이 말했다.

"두 번째 형님으로 모시겠습니다."

이 말은 진심이었다.

한빈에게 배운 것이 미친 듯한 추진력이라면, 양예신에게 배울 것은 침착함이었다.

물론 한빈에게 침착함이 없는 것은 아니었다.

하지만 첫인상이 걸렸다.

창에 어깨가 뚫렸는데 밀고 들어오던 한빈의 말도 안 되는 모습이 악비광의 뇌리에 똑똑히 남아 있었다.

앞서가던 양예신은 조용히 웃었다.

그러고는 한빈을 향해서 외쳤다.

"그럼 나는 팽 공자를 형님으로 모시겠소!"

잠시 후.

널브러진 무사들 사이에서 양예신이 포권했다.

"유비, 관우, 장비는 복숭아나무 아래에서 형제의 연을 맺었다는데, 우리는 할 수 없이 적진에서 맺어야겠습니다."

양예신이 웃었다.

한빈을 비롯한 모두는 서로 형제의 예를 주고받았다.

갈 길이 바쁘기에 한빈은 아무렇지 않게 그 예를 받았다.

나이가 제일 어린 한빈이 대형의 자리를 차지하는 것이 조금 이상하기도 했지만, 관우가 유비보다 어렸냐는 양예신의 논리에 그저 고개를 끄덕여야 했다.

지금 중요한 것은 순서가 아니었다.

눈앞에 있는 이들의 처리가 먼저였다.

이들은 자객 집단이 아니었다.

그들은 고산파(故山派)의 고수들.

강호에 모습을 잘 드러내지 않는 이들이었다.

고산은 묘지들로 유명한 곳이었다.

문파가 먼저 들어오고, 그 후 고산의 뒷산에 묘지들이 들어서기 시작했다.

문파가 들어선 산에 묘지라?

다른 문파에서는 있을 수 없는 일이었다.

덕분에 고산파는 강시를 연구한다는 오해를 받기도 했다.

물론 그것은 말 그대로 오해일 뿐이다.

무림에 모습을 보이지 않는 그들의 생활 습관 때문에 그 소문은 점점 커졌다.

물론 거기에는 이유가 있었다.

그들이 주로 다루는 것은 진법과 환술(幻術)이었다.

진법을 이용해서 내공을 극한으로 이끌어 낼 수 있다는 것이 그들의 논리였다.

진법과 환술을 연구하는 그들은 어찌 보면 무인보다 학자에 가까웠다.

연무장에서 검을 휘두르는 것보다 방 안에서 서책을 펼치는 게 그들의 일상이었다.

이들이 강호에 모습을 드러낸 적이 몇 번이나 있을까?

한빈은 조용히 그들을 바라봤다.

보통은 어떤 다툼에도 모습을 드러내지 않는다.

모습을 드러낼 때는 그들이 화를 입었을 경우밖에 없었다.

사실 한빈이 이들을 아는 것은 전생의 기억이 있어서였다.

그들과는 귀검대와의 다툼으로 만나게 되었었다.

대원 중 하나가 고산파의 무사와 싸우게 된 것.

그것을 계기로 한빈은 그들을 끝까지 추적했다.

결국은 사과를 받아 냄과 동시에 연을 맺었었다.

하지만 그것은 전생의 인연이고 지금 상황은 달랐다.

효명 공주를 납치한 무리 쪽에 섰으니 적이었다.

어쨌든 그들은 모두 점혈당한 채 바닥에 쓰러진 상태.

고산파에 살막까지…….

왠지 일이 복잡해지는 느낌이었다.

그들을 조종하는 것은 과연 누구일까?

한빈은 턱을 괴고 주변을 살피기 시작했다.

그 모습을 본 양예신이 조용히 나섰다.

"대형! 이번에는 제가 문초해 보겠습니다."

"그럼 양 아우께 맡기겠습니다."

"네, 저만 믿으시죠."

양예신이 눈을 가늘게 뜨더니 고산파의 고수에게 물었다.

"누구의 사주를 받은 것인지…….."

양예신은 말을 끊고 재빨리 그들의 아혈을 제압하기 시작했다.

그는 순식간에 십여 명의 고수를 모두 점혈했다.

옆에서 보고 있던 악비광이 놀라 달려갔다.

"형님, 문초하는데 아혈을 제압하면 어떻게 합니까?"

"나는 대형의 방법을 따를 뿐이다."

양예신이 슬쩍 한빈을 바라봤다.

악비광은 그제야 고개를 끄덕였다.

살막의 고수를 문초할 때도 아혈부터 제압하고 묻지 않았 던가?

생각해 보면 입을 막아 놓고 심문을 하는 방법은 그 어떤 방법보다 효과적이었다.

한마디로 적에게 선택의 여지를 주지 않는 것이었다.

그때였다.

방법은 효과적이었다.

마혈을 제압당한 고산파 고수 하나가 눈짓으로 어딘가를 가리켰다.

그곳에는 서찰 하나가 떨어져 있었다.

양예신은 재빨리 서찰을 확인했다.

서찰을 확인한 양예신이 고개를 갸웃했다.

"대형, 직접 보셔야 할 것 같습니다."

"어디……."

한빈이 서찰을 펼쳐 봤다.

자세히 보니 그것은 서찰이 아니었다.

서책의 표지였다.

표지가 서찰처럼 접혀 있던 것이다.

서책에는 '고산비록(故山祕錄)'이라는 이름이 선명하게 적혀 있었다.

그 제목을 본 한빈이 재빨리 고산파 고수를 향해 다가갔다.

그러고는 아무렇지 않게 그의 혈도를 풀어 줬다.

픽!

그와 동시에 고산파 고수가 입을 열었다.

"우리는 아무것도 모르오."

"그 말 믿습니다."

"헉, 그게 무슨⋯⋯."

"그 말 믿는다고 했습니다."

"⋯⋯."

고산파의 고수는 멍하니 한빈을 바라봤다.

이해가 안 된다는 눈빛이었다.

그들이 이번 일에 나선 이유는 간단했다.

바로 장문인의 목숨 때문이었다.

그 목숨을 구할 물건의 대가로, 그들은 한 가지 일을 해야 했다.

진법과 환술로 이곳을 틀어막는 것이었다.

어찌 보면 간단한 일이었다.

곰과 호랑이도 이곳을 지나가지 못했으니 말이다.

아니 작은 산짐승조차 이곳을 통과하지 못하고 모두 함정에 갇혔다.

그런데 난데없이 나타난 인물 하나가 진법을 파훼시키는 것도 모자라, 눈 깜짝할 사이에 자신들을 제압한 것이다.

정확히는 눈 깜빡할 사이도 아니었다.

환술과 진법이 파괴되고 나서 바로 몸이 마비됐으니 말이다.

문제는 상대의 의도였다.

이번 일에 있어서, 그는 상대가 누군지도 몰랐다.

그때였다.

한빈이 입을 열었다.

"저는 하북팽가의 사 공자입니다."

"나는 고산파의 마운국이라고 하오."

"마 대협이셨군요. 그런데 한 가지 이해가 안 가는 점이 있습니다."

"말씀하시오."

"그 책이 가짜라는 것은 알고 있습니까? 내 예상대로라면 상대가 제시한 것은 고산비록의 진본 아닌가요?"

"그게 무슨 말씀이오?"

마운국이 놀란 얼굴로 눈을 크게 뜨자 한빈이 아무렇지 않게 말을 이었다.

"고산파와 고산비록이라⋯⋯. 저는 대충 사정을 알고 있습니다."

"⋯⋯."

"뒤틀린 단전을 치료할 방법은 고산파의 시조가 남긴 고산비록밖에 없겠죠."

"대체 당신은 ⋯⋯누구요?"

"아까 말씀드리지 않았습니까? 하북팽가의 사 공자라고요. 뭐, 다른 이름으로 불리기도 합니다만⋯⋯."

한빈이 슬쩍 악비광을 바라봤다.

시선을 받은 악비광이 말을 받았다.

"청운사신과 적룡대협의 후인이기도 하오."

"청운사신이 누구요?"

마운국이 고개를 갸웃했다.

한빈은 그 반응에 눈을 가늘게 떴다.

청운사신과 적룡대협이란 이름은 한빈이 개방과 하오문을 통해 중원 전역에 소문을 내 놓았다.

한빈이 후인이라는 소문까지는 모른다고 해도, 둘의 이름마저 모를 수는 없었다.

그 얘기는 그가 고산파에서 나온 지 얼마 되지 않았다는 것이다.

"나온 지 얼마 안 되셨군요."

"어찌 알았소?"

"강호의 소문을 전혀 모르시는 같아서요. 다시 말씀드리지만, 그 고산비록은 가짜입니다."

"그걸 믿으란 말이오?"

"뭐, 원하신다면 그 서책의 표지를 이 자리에서 똑같이 만들어 드릴 수도 있습니다. 대충 보니 소금에 살짝 절이고 겉장의 가장자리를 오염시켜서 진본처럼 만들었군요. 물론 필체도 똑같이 흉내 낼 수 있습니다."

한빈은 전생에 이런 위조야 수도 없이 해 봤었다.

"그게 대체……."

"냄새를 맡아 보십시오. 가장자리에서 짐승의 오줌 냄새가 날 것입니다. 그런 귀한 책에 짐승의 오물이 묻는다는 것이 가당키나 하겠습니까?"

한빈의 말에 마운국이 책장을 코에 가져갔다.

순간 그의 눈이 커졌다.

"어떻게……."

"상대는 그 서책을 담보로 이곳에 진법을 설치하라고 시켰겠죠?"

"……."

"뭐, 괜찮습니다. 어제의 적이 아군이 되는 것은 강호에서 손바닥 뒤집듯 흔한 일 아니겠습니까?"

"원하는 게 뭐요?"

"도와주시죠. 그럼 제가 진본이 있는 곳을 알려 드리겠습니다."

"대체 그대가 고산비록의 진본이 있는 곳을 어떻게 안단 말이오?"

"제가 진본을 모른다면 그 책장이 가짜라는 것을 어찌 알았겠습니까?"

한빈이 웃었다.

이것은 한빈의 진심이었다.

전생에 한빈은 고산비록의 원본을 봤었다.

그것도 고산파 장문인의 탁자 위에서 말이다.

마운국이 망설이자 한빈이 자리에서 일어났다.

"저는 그만 가 보겠습니다. 우리의 목숨을 위협했던 일은 일단 달아 두겠습니다. 하지만 황실의 칼날을 피하지는 못할 겁니다."

"자, 잠시만. 지금 황실이라고 했소?"

마운국의 눈이 커졌다.

자신이 무슨 짓을 했는지 모르는 것 같았다.

한빈이 다시 말을 이었다.

"황실의 공주가 납치당했습니다. 우리는 그자들을 추격하는 중이고요. 우리를 막았으니 그대들도 그들과 공범이라고 보는 게 맞겠지요."

"나, 나는 모르고 한 일이오!"

"그건 나중에 황군 앞에서 밝히시면 됩니다. 저는 마 대협의 무죄를 입증할 힘 따위는 없습니다."

"아까는 고산비록을⋯⋯."

"진본이 있는 곳을 알려 주겠다고 했지, 고산파를 구하겠다고는 하지 않았습니다."

"어, 어떻게 하면 되겠소? 나는 죽어도 좋소. 하지만 멸문지화만은⋯⋯."

"성의를 보여 주십시오. 일단 의뢰를 한 상대의 정체부터 아는 대로 말씀해 주시지요."

"그자들은 가면을 쓰고 있었소."

"혹시 백색 가면인가요?"

백색이냐고 물은 것은 백경이 의심되어서였다.

백경의 열두 선주 중 아직 못 본 것이 여덟 명이다.

혈후와 백려 그리고 서준은 이미 만났었다.

그리고 백 대신에 한빈이 그 자리를 꿰차고 있으니, 남은 것은 여덟이었다.

백색과 연관이 있다면 백경의 선주 중 하나라고 보는 것이 맞았다.

마운국이 입을 열었다.

"아니, 검은색 가면이었소."

"검은색이라고요?"

"검은색 무복에 검은색 가면을 쓰고 있었소. 하지만, 묘하게 말투가 어눌했소이다."

"혹시 마기가 느껴지지 않았나요?"

"경지를 짐작할 수 없었소. 아는 것을 말했으니, 내가 공을 세울 기회를 주시오."

"그럼 일단 진법부터 복구해 주시죠."

"혹시 적이 쫓아오고 있소?"

"적이 아니라 아군입니다."

"그런데 왜……."

그때였다.

뒤쪽에서 소란이 들려왔다.

"대체 여기에 왜 이런 함정이……."

"어떤 놈이 산길에 죽창을 꽂아 놓은 거지?"

왁자지껄 떠드는 소리에 모두가 고개를 돌렸다.

그곳에는 적혈맹호대가 눈이 시뻘게진 채 걸어오고 있었다.

그중 가장 앞에 선 것이 심미호였다.

심미호는 어깨에 곡괭이를 걸쳐 메고 있었다.

흔히 볼 수 있는 무림인의 모습이 아니었다.

심미호를 본 마운국이 뒤로 주춤하며 물러났다.

공을 세우겠다는 의지는 이미 사라진 것 같았다.

마운국이 작은 목소리로 물었다.

"혹시 진법을 복구해 달라고 하신 게 저들 때문에……?"

"맞습니다. 훈련이 부족해서요."

한빈이 눈을 찡긋하며 자리에서 일어났다.

그때 심미호가 씩씩대며 한빈에게 다가왔다.

"저, 이제 통과한 거죠?"

"속도가 만족스럽지 못하네. 지금부터는 바싹 붙어서 와. 그리고 저들도 챙겨."

"저들이라니요?"

"고산파라는 문파의 제자들이야. 저들도 챙겨서 와."

"혹시 보호해야 할 대상인가요?"

"아니, 목숨만 붙여서 데리고 오면 돼."

"존명."

심미호가 곡괭이를 든 채 포권하자 마운국이 다시 움찔했다.

그들을 뒤로한 채 한빈은 구걸십팔보를 펼쳤다.

한빈은 이전처럼 속도를 높이지 않았다.

용린을 확인하니 효명 공주의 위치가 움직이지 않았다.

마치 한빈이 오기를 기다리고 있다는 듯 말이다.

한빈은 지금의 상황이 이해되지 않았다.

함정일까?

그렇게 보는 게 맞았다.

얼마 지나지 않아 한빈은 산길에서 벗어나 평지를 달리고 있었다.

한빈은 눈을 가늘게 떴다.

눈앞에 마을이 들어왔기 때문이다.

발본색원으로 찾은 목적지는 바로 이 마을이었다.

그와 더불어 낯선 기척이 여기저기서 느껴졌다.

저잣거리로 들어선 한빈은 효명 공주가 탄 것으로 보이는 마차를 발견하고는 걸음을 멈췄다.

마차를 두 명의 거구가 앞뒤로 들고 있다는 게 황당했다.

마치 조금이라도 다가오면 마차를 내동댕이치겠다는 듯 보였다.

그보다 더 중요한 것은 두 거구의 신체에 천급 구결의 흔적이 보인다는 점이었다.

천급 구결이 보인다는 것은 두 가지를 의미했다.

첫째는 저들의 무공이 만만치 않다는 점.

천급 구결이 보이는 것은 이제 극소수였다.

한빈의 경지에 맞는 상대를 봤을 때만 해당 구결이 나타났다.

상대에게 천급 구결이 보였다는 것은 저들이 현재 한빈과 비슷한 경지를 지닌 자라는 말이었다.

그렇다면 현 무림에서 손에 꼽을 수 있는 자라는 뜻.

문제는 상대의 모습이 낯설다는 점이다.

전생과 현생 통틀어서 한빈이 기억 속에 없는 고수는 존재하지 않는다.

기억 속에 없는 고수라면 백경 혹은 그와 비슷한 비밀 조직일 터.

차라리 백경이라면 괜찮다.

대화의 여지가 있으니 말이다.

그런데 상대는 백경의 일원으로 보이지 않았다.

하지만 한빈은 놀라기는커녕 입꼬리를 올렸다.

천급 구결의 두 번째 의미 때문이었다.

그 의미는 바로 저들은 한빈의 먹이라는 점이었다.

그러지 않아도 만나기 힘든 천급 구결의 소유자가 나타났다라? 호박이 넝쿨째 들어온 것과 같았다.

한빈은 기분 좋게 검을 뽑았다.

스릉.

오늘따라 검명이 연회에 울리는 풍악처럼 느껴지는 한빈이었다.

그때 뒤쪽에서 따라오던 양예신이 창대를 꼬나 잡았다.

악비광도 창대를 앞으로 내밀었다.

한빈이 힐끔 둘을 바라봤다.

그러고는 고개를 갸웃했다.

둘의 표정이 비장했기 때문이다.

한빈이 물었다.

"표정이 왜들 그래?"

"저기에 공주 마마가 잡혀 있다는 겁니까? 형님."

"뭐, 그렇다고 볼 수도 있고."

"제게 맡겨 주십시오."

"진짜 잘할 수 있겠어?"

"물론입니다. 왜 우리 가문에 신창이란 이름이 붙었겠습니까? 제게 맡겨 주시죠."

"그럼 잘해 봐."

"네?"

"맡겨 달라고 했잖아. 그러니까 잘해 봐."

"제게 맡겨 달라고 한 건 한 손 거들겠다는······."

"그럼 양 아우가 오른팔 하고, 악 아우는 왼팔로 나서 봐."

"흠."

양예신은 마차를 통째로 들고 있는 두 거한을 바라봤다.

그러고는 고개를 끄덕였다.

"맡겨 주십시오."

그 옆에 있던 악비광은 미소를 피워 냈다.

지금 보면 자신감이 철철 넘치는 듯 보였다.

한빈은 조용히 월아를 내렸다.

한빈이 원하는 것은 일단 천급 구결을 취하는 것이다.

꼭 한빈이 싸워서 얻을 필요는 없었다.

저들이 시선을 끌어 준다면 더 쉽게 구결을 취할 수 있다.

한빈은 잠시 용린검법의 구결을 살폈다.

[알 수 없는 구결 : 오(五)]

[천외천급 구결 : 일(一)]

[······]

천외천급 구결 한 개는 무당산에서 얻은 것이다.

저자들의 몸에 있는 구결을 모두 흡수하면 하나의 천급 구결을 완성할 수 있다.

그때였다.

옆에 있던 악비광이 기합을 넣었다.

"자, 한판 붙자!"

방아깨비처럼 앞으로 튀어 나가려는 악비광.

그 옆에서 양예신이 틈을 노리는 듯 말없이 눈을 가늘게 떴다.

그때였다.

거구의 사내 중 앞에 있는 자가 웃음을 터뜨렸다.

"하하, 가소롭군!"

목소리에 담겨 있는 내공이 보통이 아니었다.

짧지만 피부를 찌르는 듯한 기파가 앞에서 몰려왔다.

순간 앞으로 튀어 나가려던 악비광이 움찔했다.

양예신은 창대를 더욱 꽉 움켜쥐었다.

한빈은 그들의 모습에 고개를 갸웃했다.

방금 거구의 한 수에서 이상한 점을 느꼈다.

바로 진기의 흐름이었다.

거구가 목소리에 내공을 담아 외쳤을 때, 거구의 몸에 흐르던 진기가 살짝 끊기는 느낌이었다.

천급 구결이 보일 정도의 고수인데 진기가 끊긴다고?

그것은 있을 수 없는 일이었다.

과연 어떻게 된 것일까?

한빈이 나지막이 외쳤다.

"걱정하지 말고 한판 붙어!"

그 말에 양예신이 몸을 날렸다.

그때였다.

두 거구가 동시에 마차를 하늘 높이 던졌다.

그러고는 아무렇지 않게 팔짱을 꼈다.

양예신은 창을 물리고 허공에 뜬 마차를 잡기 위해 달려갔다.

양예신의 목표는 공주를 구하는 것이지, 저들을 물리치는 것이 아니었다.

악비광도 마찬가지였다.

허공에 뜬 마차가 바닥에 떨어진다면 안에 있는 공주가 무사하지 못할 터였다.

적은 그것을 노리고 마차를 하늘 높이 던지는 것 같았다.

마차의 안쪽에서는 여인의 비명이 흘러나왔다.

"앗!"

그 비명에 양예신이 허공으로 치솟아 마차를 잡았다.

반대쪽의 악비광도 마찬가지였다.

그때 거구의 사내 둘이 동시에 손을 뻗었다.

휙.

앞선 거구의 손이 악비광의 어깨에 닿았다.

팍.

내공이 실린 그의 한 수에 악비광이 끈 떨어진 연처럼 뒤로 날아갔다.

동시에 들리는 타격음.

팡.

양예신도 마찬가지였다.

그때 허공으로 떠올랐던 마차가 바닥을 향했다.

두 거구가 다시 마차를 받았다.

거대한 마차를 아무 힘도 들이지 않고 허공에 던졌다 받아내는 그들의 힘은 놀라웠다.

한빈의 고개가 살짝 기울어졌다.

남들은 발견하지 못할 묘한 현상을 목격했기 때문이다.

그들이 마차를 허공으로 던진 순간, 그들에게서 천급 구결이 사라졌다.

우연인지는 몰라도 그들이 마차를 다시 받았을 때 천급 구결의 흔적이 다시 나타났다.

아직 그 원인까지는 밝혀내지 못했지만, 둘은 평범한 무인이 아닌 것은 분명했다.

그때 양예신이 무복에 묻은 흙을 털어 내며 말했다.

"아무래도 마차를 저리 잡고 있으면 제대로 된 공격을 할 수 없을 것 같습니다, 형님."

양예신은 입술을 깨물었다.

두 거구의 사내는 마치 인질을 잡고 위협하는 듯 보였기 때문이다.

마차를 들고 방어하는 모습이 마치 자신을 봐주는 듯한 느낌도 들었다.

처음에는 자신 있게 나섰지만, 한번 손을 섞어 보자 거구의 사내에게서 벽이 느껴졌다.

악비광도 마찬가지였다.

악비광은 자신도 모르게 뒤를 돌아봤다.

그는 자신도 모르게 뒤쪽에서 따라오고 있던 적혈맹호대를 확인했다.

인원이 더 많다면 마차의 안전을 지키면서 거구의 고수를 제압할 방법이 있을 것도 같았다.

생각을 이어 가던 악비광은 고개를 갸웃했다.

벼랑 끝에 몰린 상황인데 한빈은 아무렇지 않게 입가에 미소를 피워 내고 있었다.

생각해 보니 마차가 땅에 떨어질 때도 한빈은 팔짱만 끼고 있었다.

마치 자신과 관계없는 일이라는 듯.

옆을 힐끔 보니 양예신도 입술을 달싹이고 있었다.

한빈에게 도움을 청할까를 고민하는 것이 분명했다.

사실 이건 말도 되지 않았다.

아무리 자신이 책임지겠다고 했어도 상황이 불리하면 나서 줘야 하는 것이 맞았다.

그런데 아직도 팔짱을 끼고 있다니!

악비광이 못 참겠다는 듯 입을 열었다.

"형님, 저희를……."

악비광은 말을 잇지 못했다.

한빈이 손을 들며 말을 막았기 때문이다.

의미심장한 눈으로 마차와 거구를 바라보던 한빈이 말을 이었다.

"마차는 내가 맡으마. 마차를 어디로 던지든 상관없이, 너희는 둘만 맡거라."

"네, 알겠습니다. 그럴 줄 알았습니다. 저희는 형님만 믿겠습니다."

말을 마친 악비광이 양예신에게 신호를 보냈다.

순간 둘이 앞으로 튀어 나갔다.

파박. 팍.

그때였다.

앞에 있던 거구의 괴인이 외쳤다.

"더 다가오면 공주의 목숨은 없다!"

"난 형님을 믿는다!"

악비광이 소리쳤다.

순간 두 거구의 괴인이 이전처럼 마차를 하늘 높이 던졌다.

이번에는 이전보다 높이 던진 듯 파공성이 크게 울렸다.

펑!

동시에 한빈도 움직였다.

그런데 한빈의 모습이 묘했다.

마차를 잡기 위해서라면 양팔이 자유로워야 하는 것이 정상이었다.

하지만 한빈은 검기를 피워 냈다.

그 모습에 양예신이 외쳤다.

"저희를 도와주실 필요는……!"

그는 말을 잇지 못했다.

한빈이 허공으로 떠올랐기 때문이다.

한빈의 몸은 화살처럼 날아갔다.

바로 일촉즉발의 수법이었다.

검 끝에는 푸른 검기가 일렁이고 있었다.

거기에 왼손에도 묘한 기운을 피워 내고 있었다.

한빈은 일촉즉발의 수법으로 몸을 띄운 뒤 바로 부창부수의 수법을 펼쳤다.

부창부수의 수법은 무당의 양의심법과 같은 효과가 있었다.

물론 의지를 완벽하게 두 손으로 나눌 수는 없었지만, 다른 무공을 양손으로 동시에 펼칠 수 있었다.

왼손에 담은 것은 파혼장의 수법이었다.

누가 봐도 마차를 잡기 위해서가 아니라 박살 내기 위해서 가는 것이다.

두 명의 거구에게 돌격하던 양예신과 악비광이 동작을 멈췄다.

놀란 양예신은 자신도 모르게 외쳤다.

"형님! 지금 무슨 짓을……."

하지만 거구의 사내가 일으키는 광풍에 말을 맺지 못했다.

놀란 양예신이 다시 창을 잡았다.

거구의 사내는 양예신의 시야에 없었다.

그때 악비광이 외쳤다.

"저기 보십시오, 양 형님!"

"대체……."

양예신이 황당하다는 표정으로 하늘을 올려다봤다.

두 명의 거구가 동시에 하늘 위로 뛰어오른 것이다.

그 모습을 보면 마차를 박살 내기 위해 날아오른 한빈을 막기 위한 것 같았다.

지금의 모습만 보면 한빈이 악당이 된 듯한 상황.

여태까지 두 거구는 효명 공주가 탄 마차를 볼모로 양예신과 악비광의 공격을 막았다.

그런데 이번에는 반대의 상황이었다.

마차를 공격하는 이는 한빈이고, 막으려는 이는 거구의 괴인 둘이었다.

그때였다.

허공에서 다시 파공성이 일어났다.

팡. 팡.

마차를 두고 허공에서 공격을 주고받는 것이다.

이어서 귀를 긁는 듯한 파열음이 다시 울렸다.

끼긱.

두 명의 거구는 동시에 한빈의 검을 막았다.

자세히 보니 두 거구는 손에 금속으로 된 장갑을 끼고 있었다.

지금의 소리는 그 사이에서 나는 파열음이었다.

그때 마차가 힘을 잃고 다시 바닥을 향해 떨어지기 시작했다.

순간 양예신의 눈썹이 파르르 떨렸다.

어떤 선택을 해야 할지 난감했다.

차라리 미리 언질이라도 줬으면 편했겠지만, 갑자기 일어난 일이었다.

원래대로라면 마차를 받아 드는 것이 맞았다.

하지만 한빈이 마차를 박살 내려고 하는 것에는 이유가 있을 것 같았다.

과연 어떻게 된 일일까?

그때 악비광이 외쳤다.

"형님, 피하십시오!"

악비광은 한빈을 믿고 피하기로 했다.

"잠시만 기다리게."

양예신은 손을 들었다.

악비광과는 달리, 그는 아직 결정을 못 했다.

그것도 잠시, 양예신은 고개를 저었다.

마차를 지키기로 한 것이다.

양예신은 창을 바닥에 꽂았다.

그러고는 마차가 떨어질 위치를 향해 달려갔다.

그는 중심을 잡고 하늘을 향해서 두 팔을 펼쳤다.

거구의 괴인처럼 부드럽게 받을 수는 없지만, 일단 최대한 충격을 줄여야 했다.

그때였다.

허공에서 공방을 주고받던 한빈과 두 명의 괴인도 바닥을 향해 떨어지기 시작했다.

그들은 허공에서 복잡하게 얽혀 있었다.

그때 한빈의 검이 미꾸라지처럼 그들의 손을 빠져나갔다.

그러고는 갑자기 바람처럼 바닥을 향해 내려왔다.

두 팔을 펼치고 있던 양예신은 눈을 크게 떴다.

그때 한빈의 목소리가 들려왔다.

"비켜!"

그 말에 양예신이 본능적으로 움직였다.

양예신은 방아깨비처럼 뒤쪽으로 열 걸음 물러섰다.

그때 마차가 바닥에 박혔다.

문제는 그것이 아니었다.

위쪽에서 내려오던 한빈의 왼손이 마차 위에 꽂혔다.

꾸아앙!

충격파가 주변을 휩쓸고 지나갔다.

자욱하게 피어나는 먼지구름.

그 안쪽으로 연달아 굉음이 들려왔다.

팡. 팡.

두 거구가 바닥에 내려앉은 소리가 분명했다.

동시에 정적이 맴돌았다.

자욱한 먼지 때문에 마차가 어찌 되었는지는 보이지 않았다.

그때 바람이 불어왔다.

횡.

그 바람에 먼지구름이 걷혔다.

먼지구름 속 비친 신형에, 양예신의 눈이 커졌다.

먼지가 걷힌 자리에는 두 명의 무인이 검을 맞대고 있었다.

끼긱. 끽.

맞댄 둘의 검신이 거칠게 파열음을 토해 내고 있는 상황.

한쪽은 한빈이었고, 다른 한쪽은 검은 면사를 한 여인이었다.

그 모습을 본 양예신은 움찔했다.

한빈의 상대가 누구인지 감이 잡히지 않았기 때문이다.

만에 하나 한빈과 검을 맞댄 상대가 황궁의 사람이라면?

또는 만에 하나 한빈이 오해한 것이라면?

효명 공주의 생명이 위험할 수도 있었다.

다른 무림인이라면 몰라도 양예신은 관과 무림의 중간인 신창양가의 사람이기에, 판단을 내리지 못했다.

그때였다.

한빈이 손가락을 튕겼다.

딱.

"양 아우, 정신 차려!"

양예신은 그제야 주변을 바라봤다.

두 명의 거구가 한빈의 등을 노리고 달려들기 시작했다.

일단 두 명의 거구를 막는 것이 먼저였다.

양예신은 재빨리 창을 뻗었다.

투척한 창이 거구를 향해 날아갔다.

창의 뒤를 쫓아 양예신이 달려갔다.

날아오는 창을 본 괴인이 손을 뻗었다.

팡!

창날이 거구의 손을 맞고 튀어나왔다.

양예신이 튕겨 나오는 창대의 끝을 잡고 돌렸다.

붕.

창대가 원을 그리며 거구의 괴인을 향해 날아갔다.

거구의 괴인이 다시 창을 튕겨 냈다.

팡!

양예신은 고개를 갸웃했다.

마차를 가볍게 들고 있을 때와 지금의 기세가 전혀 달랐기 때문이다.

옆을 힐끔 보니 악비광도 동수로 괴인과 싸움을 이어 나가고 있었다.

이전 기세로는 분명히 지금보다 괴인이 한 수 위였다.

그런데 동수로 싸우다니, 과연 어떻게 된 일일까?

마차를 들고 있었을 때가 그들에게 불리했을 텐데, 마차를 놓자 무공이 더 낮아진 것처럼 보이다니. 아무리 생각해도 이해할 수 없었다.

그때였다.

괴인의 손이 날아왔다.

팍!

이번에는 양예신이 창대로 그의 손을 막았다.

양예신은 뒤로 물러나 주먹을 쥐었다 폈다.

괴인이 착용한 장갑 때문인지 마치 쇠몽둥이를 막은 것처럼 손이 얼얼했다.

기세가 달려졌다고는 하나 절대 얕볼 수 있는 상대가 아니었다.

양예신은 재빨리 창을 고쳐 잡았다.

그들이 괴인을 상대하고 있을 때, 한빈은 나지막한 목소리로 속삭였다.

"흉내가 제법이군."

"눈썰미가 좋군요, 진룡소협."

"내 별호를 아는 것을 보면 적이 틀림없군."

"적이라니요? 왜 그렇게 단정하시죠?"

"아군 중에는 누구도 진룡소협이란 별호로 날 부른 적이 없으니까!"

"정파에서는 대우를 못 받으시는군요. 그럼 건너오시죠."

"누군지는 알아야 건너갈 것이 아닌가?"

"건너오셔야 정체를 알려 드릴 수밖에 없는 점 죄송하네요. 호호."

웃음까지 흘리는 여인의 모습에 한빈이 마주 웃었다.

한빈은 상대가 무림 십대고수에 필적한 무공을 가지고 있음을 알고 있었다.

그 증거로 거구의 괴인들에게 보이던 천급 구결의 흔적이 그녀에게 옮겨 갔다.

왜 괴인들에게 있던 천급 구결이 사라지고, 대신 그녀에게 나타났을까?

이유는 바로 천급 구결이 내공을 따라 움직이기 때문이었다.

아마도 마차를 들고 있던 괴인들에게 모종의 수법으로 내공을 전달했음이 분명했다.

그 끈이 끊어진 결과 괴인들의 힘은 눈에 띄게 약해진 것이다.

아마도 여인에게 있는 구결의 흔적을 못 봤다면 이런 추리도 불가능했을 터.

오직 한빈만이 여인과 괴인의 상관관계를 파악할 수 있었다.

여인이 물었다.

"내가 효명이 아니라는 것을 어떻게 알았죠?"

"그건 비밀인데……. 궁금하면 일만 냥."

한빈은 피식 웃으며 어딘가를 바라봤다.

바로 발본색원이 가리키는 방향이었다.

발본색원은 아직도 효명이 있는 곳을 가리키고 있었다.

거리는 대충 이백여 걸음.

이백 걸음 뒤에 효명이 있다는 뜻이었다.

발본색원이 가리키는 표시는 마차가 있는 쪽에 있었다.

그런데 이들과 대결하던 도중 이백여 걸음 밖으로 위치가 바뀌었다.

대결 도중에 어떤 낌새도 눈치채지 못했다는 이야기는, 납치된 효명 공주의 일행이 지상이 아닌 지하에 있다는 이야기였다.

이곳으로부터 이백 걸음 떨어진 곳이 최종 목적지인지, 아니면 통로인지는 알 수 없었다.

중요한 것은 눈앞의 여인을 쓰러뜨리고 입구를 열어야 한다는 점이었다.

그때 여인이 한빈을 밀쳤다.

팍!

벌어진 간격은 두 걸음.

검을 뻗으면 상대의 목덜미를 노릴 수 있는 범위였다.

하지만 바로 숨통을 끊을 수는 없었다.

그 전에 구결도 얻어야 했으니.

뒤쪽으로 물러난 한빈은 품을 뒤졌다.

한빈이 품을 뒤지자 복면 여인이 재빨리 한 걸음 더 물러
났다.

행동을 보면 도망치려는 모습은 아니었다.

복면 여인은 묘하게도 한빈으로부터 일정 거리 이상 떨어
지지 않았다.

한빈이 품속에서 꺼낸 것은 대나무 통이었다.

한빈은 대나무 통을 하늘 높이 던졌다.

그러고는 손을 위로 뻗었다.

휙!

빛 한 줄기가 한빈의 손에서 뻗어 나갔다.

그것은 한빈이 지니고 다니던 은침이었다.

은침은 허공에 뜬 대나무 통에 박혔다.

순간 대나무 통이 들썩이더니 허공에서 터졌다.

팡!

동시에 불꽃이 아래로 내려왔다.

불꽃을 본 복면 여인이 음산한 목소리로 말했다.

"만약 지원군이 온다면 효명의 목숨은 없을 것이에요."

"지원군은 안 올 거야. 내가 보낸 신호는 이곳으로 향하는 모든 사람을 막으라고 한 거니까."

"그게 무슨……."

"아마도 당분간은 이곳에서 들어올 사람도……. 나갈 사람도 없을 거야."

한빈이 복면 여인을 보며 웃었다.

동시에 한빈은 그녀를 샅샅이 살폈다.

몸의 구석구석을 살피는 한빈의 눈빛에는 굳은 의지가 담겨 있었다.

이제까지 당당해하던 복면 여인이 불쾌한 듯 몸을 가렸다.

그 모습에도 한빈은 여인에게 시선을 고정했다.

천급 구결의 흔적이 계속 이동했기 때문이다.

그뿐이 아니었다.

다른 색의 구결도 눈에 띄었다.

그것은 한동안 볼 수 없던 지급 구결들이었다.

한빈은 지급 구결까지 깡그리 끌어모을 결심을 했다.

사실 천급 구결이 효용성이 높긴 하지만, 나름대로 문제가 있었다.

그것은 한 번에 많은 공력 혹은 구결을 사용한다는 점이었다.

그에 비교해서 지금 구결 혹은 인급 구결은 그런 제약이 적었다.

가장 중요한 것은 다다익선.

초식이야 많으면 많을수록 좋다는 것은 변하지 않는 진리였다.

구결도 구결이지만, 인급에서 천급까지 다양한 구결을 지닌 적의 정체도 궁금했다.

물론 구결을 다 취한 다음에 정체를 물어볼 생각이었다.

그런 의미에서 한빈은 이곳에 천라지망을 펼칠 것을 뒤따라오는 적혈맹호대에게 지시했다.

적은 수로 천라지망을 펼친다는 것은 애초에 불가능했다.

하지만 적혈맹호대에는 비장의 무기가 있었다.

바로 고산파의 존재였다.

환술과 진법을 쉽게 펼칠 수 있는 고산파의 고수들이라면, 적은 수로도 이곳을 완벽하게 포위할 수 있다.

조금 과장하자면 파리 하나 빠져나갈 수 없을 만큼 촘촘하게 천라지망을 펼칠 수 있었다.

이제는 쫓는 자와 쫓기는 자가 바뀐 것이다.

물론 복면 여인은 그리 생각하는 것 같지 않았다.

복면 여인의 눈빛에는 언제라도 한빈을 쓰러뜨릴 수 있다는 자신감이 보였다.

다만, 시기를 재고 있다는 느낌이었다.

한빈이 활짝 웃으며 입을 열었다.

"한판 붙어 볼까?"

"붙기 전에 계산부터 하시는 게 어떨까요?"

"무슨 계산을 하자는 말이지?"

"효명을 찾기 위해 이곳에 온 게 아닌가요? 인질을 찾기 위해서 왔다면, 싸움보다 협상이 먼저가 아닐까 하네요."

"협상이라……. 불가능한 건 아니지. 원하는 게 뭐지?"

"현비의 목!"

복면 여인의 눈이 활활 타오르는 듯했다.

한빈이 아무렇지 않게 답했다.

"아, 무게 추가 너무 한쪽으로 기울었군."

"왜 기울었다고 보죠?"

"자식이야 하나 더 만들면 그만 아닌가? 자식의 목숨을 담보로 어미의 목숨을 내놓으라니 말이야."

"너무 쉽게 말씀하시는군요."

"나야 당사자가 아니니까."

"현비가 제시간에 오지 않으면 효명의 목숨은 없을 거예요."

"그러면 차라리 현비 마마를 납치하지 그랬어?"

"그건 품이 너무 들잖아요."

"뭐 그건 나중에 현비 마마와 상의하고, 나는 급한 용건부터 해결해야겠어."

말을 마친 한빈이 바로 찔렀다.

전광석화를 극성까지 펼친 수법이었다.

휙. 휙.

복면 여인이 살짝 당황한 듯 황급히 검을 들었다.

그도 그럴 것이 자신이 원하는 것을 이루기 위해서는 대화가 필요했다.

효명이라는 인질을 잡고 있으니 어떤 대화든 가능하다고 생각했다.

그런데 자신을 쫓아온 상대에게는 대화할 의지가 보이지 않았다.

복면 여인은 이러한 점이 가장 당황스러웠다.

납치범을 쫓아와 놓고 정작 효명의 행방은 궁금해하지 않는다는 게 말이 되는가?

지금 보면 어떠한 말도 통하지 않는 듯 보였다.

상대의 검로를 보면 제압하려는 것이 아니었다.

아니 지금의 동작이 아니라 마차를 산산조각 냈을 때부터 낌새가 이상했다.

상대는 강호에서 쉽게 볼 수 있는 인물이 아니었다.

한마디로 미친 자였다.

복면 여인의 관자놀이가 꿈틀댔다.

복면 여인의 이름은 흑월(黑月).

그녀가 원하는 것은 사실 정확히 말하면 현비의 목은 아니었다.

현비의 물건이었다.

하지만 현비를 만나서 그 물건을 받는 것은 불가능한 일이었다.

그래서 차선책으로 효명을 납치했던 것이었다.

그녀가 편하게 효명이라 부르는 것은 흑월의 몸에도 황가의 피가 흐르기 때문이었다.

흑월이 황궁에서 나온 이유는 간단했다.

바로 모친의 죽음 때문이었다.

그녀의 모친은 소비였다.

소비는 흑월이 열 살 때 세상을 떠났다.

효명이 태어난 직후였다.

목숨이 위태롭다고 느낀 것은 그때부터였다.

사내로 태어난 것도 아니라서 황실의 권력 싸움과는 관계가 없다고 생각했었다.

그런데 실상은 달랐다.

어느 순간부터 위험이 흑월을 덮친 것이다.

전각의 위쪽에서 화병이 떨어지지 않나?

황궁의 뒤뜰을 걷고 있는데 화살이 날아오지를 않나?

이해할 수 없는 일들이 일어났다.

어미가 세상을 떠난 직후 흑월을 지켜 줄 사람은 황궁에 아무도 없었다.

그때 누군가 그녀에서 손을 내밀었다.

손을 내민 자는 다름 아닌 세상에서 사라졌다고 알려졌던 황숙이었다.

황숙이 강호의 누군가에게 암제라는 이름으로 불린다는 것은 훗날에 알게 된 일이었다.

암제는 흑월에게 황궁 내명부 권력을 줄 것을 약속했다.

내명부의 권력을 모두 얻는다면 어미의 복수도 가능할 것이 분명했다.

그 권력을 가질 자격을 얻기 위해 암제가 정한 장소에서 무려 칠 년 동안 햇빛도 안 보고 수련했다.

살이 베이고 뼈가 깎여 나가도 신음 한번 내지 않고 수련에만 집중했다.

그 수련 덕분에 흑월은 힘을 얻었다.

수련을 끝마치고 나온 그녀는 암제를 찾아 나섰다.

약속했던 것을 받기 위해서였다.

하지만 암제는 세상에서 사라졌다.

더 황당한 것은 재산까지 모두 빼돌려졌다.

그 재산 중에는 흑월의 몫도 있었다.

다행히도 숨겨진 장소 속 비밀 금고에 몇 가지 보물이 남아 있었다.

보물 중 가장 큰 것은 암제가 남겨 놓은 계획이 적혀 있는 책자였다.

그 서책에 의하면 암제는 크게 두 가지 계획을 세웠었다.

하나는 중원을 손에 넣는 것이었다.

그리고 다른 하나는 중원을 없애는 것이었다.

둘 중 중원을 손에 넣는 계획은 무산되었다는 것을 나중에 알았다.

중원을 손에 넣는 방법 중 가장 중요한 역할을 할 위씨세가가 공중분해 되었으니 말이다.

이제 남은 것은 후자 쪽이었다.

후자 쪽을 실행하기 위해서는 열쇠 하나가 필요했다.

그 열쇠가 다름 아닌 현비의 손에 있었다.

흑월은 눈을 가늘게 떴다.

가장 먼저 해야 할 일은 그 열쇠를 손에 넣는 일이었다.

사실 현비에게 열쇠를 얻는 일은 간단했다.

효명을 손에 쥔 것만으로도 열쇠의 반을 얻은 것과 똑같았다.

본래대로라면 이 자리에서 기다리면 되었다.

이미 금의위의 강유찬을 현비가 있는 곳으로 보냈다.

이곳에서 하루 이틀만 버티면 현비는 한달음에 이곳으로 달려올 터였다.

강유찬도 효명을 담보로 위협하니 달려들지 못했다.

그런데 묘하게 진룡소협이라는 파리가 꼬인 것이다.

문제는 그 파리가 독침을 품고 있다는 것이었다.

픽, 픽.

상대의 검이 독침처럼 날아왔다.

흑월이 뒤쪽으로 세 걸음 물러나며 검을 세웠다.

"더 다가오면 효명의 목숨은 없어요. 그러니 그 자리에 멈춰요."

"누구 마음대로!"

하지만 상대는 검을 멈추지 않았다.

효명의 목숨을 끊는다고 협박을 하니 오히려 검이 더 빨라졌다.

그때였다.

픽.

상대의 검이 흑월의 소매를 스치고 지나갔다.

흑월의 소매에 바람이 횡 하고 들어왔다.

상처를 입지는 않았지만, 상대의 검이 소맷자락을 베어 버린 것이다.

한빈은 틈을 주지 않고 용린검법의 초식을 펼쳤다.

'일촉즉발!'

'성동격서!'

화살처럼 날아가던 한빈의 검이 뱀처럼 휘었다.

기세를 모으던 흑월이 검을 좌측으로 세웠다.

획.

흑월이 고개를 갸웃했다.

전혀 충격이 없었기 때문이다.

대신 옆구리에서 바람이 불어왔다.

휙.

흑월이 뒤로 세 걸음 물러났다.

다시 옷자락이 잘려 나갔다.

담장까지 몰린 흑월은 빤히 상대를 바라봤다.

"제법이네요, 진룡소협."

"누가 할 소리를 하시나?"

한빈이 답하자 흑월이 다시 말을 이었다.

"장난 그만 치고 들어와요!"

하지만 한빈은 고개를 저었다.

이전까지의 기세는 어디 가고 검을 아래로 내렸다.

그것도 모자라 한빈은 아예 쪼그려 앉았다.

그 모습에 흑월이 당황한 표정으로 물었다.

"지금 뭐 하는 거지요?"

"싸울 이유를 찾고 있어."

"미친 거 아닌가요? 진룡소협!"

"잠시만 기다려 봐."

한빈은 손을 휘휘 저으며 상대를 바라봤다.

이유는 간단했다.

조금 전까지 보이던 천급 구결이 사라졌기 때문이다.

천급 구결뿐 아니라 지급 구결도 사라졌다.

구결도 없는 나부랭이와 굳이 싸울 이유는 없었다.

문제는 그것뿐이 아니었다.

이 마을의 곳곳에 화약 냄새가 진동했다.

다른 사람이라면 못 맡았겠지만, 한빈은 똑똑히 맡을 수 있었다.

한빈은 재빨리 표정을 지우고 품에서 대나무 통을 꺼냈다. 그 모습에 흑월이 물었다.

"대체 무슨 짓이지요? 진룡소협."

"수하들을 부르려고."

"진심인가요? 수하들을 부른다면 효명의 목숨은……."

"그건 나와 관계없고."

"그게 무슨 말이지요?"

"효명 공주의 목숨이 왜 나와 관계있다고 생각하는 거지?"

"그야 황실의……."

"내가 황실과 무슨 관계지? 관과 무림은 원래 별개가 아닌가?"

"소문으로는 당신이 효명의 짝이라는……."

"에이, 공주의 짝인 사람이 이러고 돌아다니겠어? 얼마 전에도 무당산에서 죽을 뻔했는데. 게다가 부마가 이러고 돌아다니는 걸 보고 있을 사돈이 어디 있어?"

"그럼 소문은……."

"소문이라……. 그럼 우리 가문에 숨겨 놓은 비급도 알고 있겠네."

"그게 무슨…… 하북팽가에 숨겨 놓은 비급?"

"바로 이게 비급이야."

말을 마친 한빈은 대나무 통을 던졌다.

얼굴을 향해 날아오는 대나무 통을 흑월은 재빨리 반으로 갈랐다.

순간 대나무 통에서 액체가 쏟아졌다.

쏴—악.

날아오는 액체를 흑월은 검을 돌려 막아 냈다.

하지만 몇 방울은 옷에 묻었다.

흑월이 한빈을 보며 외쳤다.

"비겁한……! 감히 독을 쓰다니!"

"독은 아니야."

"그럼 이건 뭐지?"

흑월의 말투가 변했다.

한빈이 아무렇지 않게 말을 이었다.

"독이 아니라, 천리추종향."

"천리추종향이라고?"

"그래, 말로만 듣던 천리추종향이야. 내가 왜 그 비싼 물건을 네게 썼을까?"

"……."

"나는 이 일에 엮이기 싫거든. 대신 너를 쫓을 방법을 황궁에 알려 줄 거야. 그러면 포상금도 제법 받겠지."

"포상금이라고? 효명이 잘못된다면 너는 공주를 구하지 못했다는 죄에서 벗어나지 못할 텐데?"

"내가 무슨 대단한 고수라고 금의위의 강 대인도 손대지 못한 너와 검을 맞대? 그럼 나는 이만!"

말을 마친 한빈이 손가락을 튕겼다.

딱!

그 소리에 거한과 싸우고 있던 악비광과 양예신이 뒤로 물러났다.

한빈은 그들에게 눈짓했다.

후퇴하라는 신호였다.

악비광이 불만 가득한 표정으로 주춤주춤 물러났다.

"형님, 한창 손맛을 느끼고 있었는데……."

"일단 후퇴다."

"효명 공주는 어떻게 합니까?"

"강유찬 대인이 여길 다녀갔으니 구할 방법을 가지고 오겠지."

"그렇다고 이렇게 도망갑니까?"

"안전을 위한 일보 후퇴다."

"아니, 전진을 위한 후퇴도 아니고 안전을 위해서라니요?"

악비광이 고개를 저었다.

묘한 것은 두 명의 거한 또한 거리를 벌렸다는 점이다.

양예신은 거한과 흑월 그리고 한빈을 번갈아 봤다.

한빈은 양예신이 무엇을 원하는지를 알고 있었다.

대대로 황실에 충성하는 가문인 신창양가의 대공자로서는 당연한 눈빛이었다.

양예신에게 가장 중요한 것은 효명 공주의 안전이었다.

한빈이 말을 이었다.

"우리가 물러나야 효명 공주가 안전해."

"반대 아닙니까? 형님."

"양 아우, 내 말을 믿어."

"흠."

"강유찬 대인에게 뭔가를 가져오라고 시켰을 거야. 그러지 않고서야 여기서 기다릴 리가 없지."

"강유찬 대인이 다녀간 건 어떻게 확신하십니까?"

"저기 대인의 매듭이 떨어져 있잖아."

한빈이 어딘가를 가리켰다.

그곳에는 강유찬의 검에 달린 매듭이 떨어져 있었다.

그 매듭을 본 양예신이 눈을 크게 떴다.

매듭은 담벼락 구석에 나뒹굴고 있었다.

그 매듭을 발견했다는 것은 이곳 전체를 살펴볼 여유가 있었다는 점이었다.

양예신은 주먹을 꽉 쥐었다.

무공이라면 몰라도 전장을 꿰뚫어 보는 눈만큼은 한빈보

다 위라고 생각했었다.

그것도 잠시, 양예신은 슬쩍 입꼬리를 올렸다.

자신보다 나은 자를 대형으로 모시기로 했다는 점이 기뻤기 때문이다.

그때 한빈이 말을 이었다.

"아마도 적이 원하는 건 현비 마마의 목이 아닐 거야. 현비 마마의 물건이겠지."

"물건이라니요?"

"만약에 현비 마마의 목이라면, 힘들게 효명 공주를 납치했겠어? 원래 납치범들에게는 공통점이 있어."

"그게 뭡니까?"

"그건 바로 대가지. 돈이나 영약, 아니면 진기한 물건 같은……."

한빈은 계속 대화를 이어 나갔다.

그러면서도 상대의 눈치를 살폈다.

양예신은 대화를 받아 주면서도 한빈의 의도가 뭔지 알 수 없었다.

후퇴하자고 해 놓고 이곳에 자철석처럼 붙어 있는 모습은 누가 봐도 이상했다.

잘못 보면 이 상황을 즐기는 것처럼도 보였다.

한참을 쉬지 않고 떠들던 한빈이 상대를 바라봤다.

"돈은 아니고 현비 마마가 가지고 있는 물건이군."

"네가 뭘 안다고 떠드는 것이냐!"

흑월이 소리치자 한빈이 다시 말을 이었다.

"내 말에 미세하게 네 눈빛이 바뀌더라고. 종합해 보면 너는 효명 공주의 목숨을 담보로 현비 마마께 물건 하나를 받으려고 하는 게 분명해."

"대체……."

"나는 그만 가 볼게. 그게 뭔지 몰라도 여길 지켜보다가 마음에 들면 낚아채면 되니까."

한빈은 아무렇지 않게 등을 돌렸다.

순간 멈칫하는 양예신.

한빈은 양예신을 보며 눈짓했다.

그제야 양예신도 할 수 없다는 듯 몸을 돌렸다.

한빈이 휘적휘적 마을 입구로 걸어가자, 양예신이 작게 속삭였다.

"진짜 가시는 겁니까?"

"안 잡으면 가야지 어떻게 해? 잡으면 한번 생각해 보고."

한빈이 씩 웃자 양예신은 하늘을 올려다봤다.

도통 한빈의 의도를 알 수 없었기 때문이다.

목숨을 걸고 싸우다가 아무렇지 않게 돌아서다니.

표정을 보면 효명을 구할 방법이 있는 것처럼 보였다.

"저자가 왜 형님을 잡습니까?"

"관심이 있다면 잡겠지."

한빈이 피식 웃었다.

그때였다.

뒤쪽에서 목소리가 들려왔다.

"멈춰라!"

흑월이 검을 들고 한빈을 향해서 달려왔다.

그 모습에 한빈이 외쳤다.

"일단 튀어!"

"네?"

양예신이 눈을 크게 떴다.

그것도 잠시, 양예신은 재빨리 뒤로 물러났다.

한빈이 그의 손에 쪽지 하나를 쥐여 줬기 때문이다.

양예신은 재빨리 쪽지를 들고 마을 입구를 벗어났다.

그때 한빈이 양예신 뒤를 따르던 악비광의 소매를 잡았다.

"잠시만."

"왜 그러십니까? 형님."

"창 좀 빌려줘."

"네?"

"창 좀 빌려달라고. 혹시 내가 떼먹기라도 할 것 같아?"

"그건 아니지만, 검을 쓰시는 형님이 왜?"

"일단 빌려줘."

한빈이 손을 내밀자 악비광은 할 수 없다는 듯 자신의 창을 건넸다.

창을 받은 한빈은 아무렇지 않게 창을 다섯 걸음 앞에 던졌다.

'백발백중.'

꽤 많은 힘이 실린 창은 창대의 끝이 안 보일 정도로 깊숙이 박혔다.

그 모습에 악비광은 울먹이며 마을의 입구를 나섰다.

이제 한빈만 남은 상태.

한빈이 상대를 향해서 말했다.

"내가 표시한 곳을 넘어오면 넌 죽는다."

"대체 네 정체가 뭐지?"

흑월이 묻자 한빈이 어깨를 으쓱했다.

"네가 알고 있는 대로, 하북팽가의 사 공자."

"그런데 사파 같은 그 분위기는 뭐지?"

"항상 듣는 말이라서 새삼스럽지도 않군."

"대체 왜 싸움을 피하는 거지? 그러고도 네가 무인이냐?"

누가 봐도 도발하는 모습이었다.

한빈은 그 모습에 피식 웃었다.

이런 도발은 한빈이 상대에게 자주 써먹던 격장지계였다.

그런데 상대가 써먹다니 왠지 감회가 새로웠다.

한빈이 웃으며 답했다.

"무인이니 강호인이니 하는 말보다는 나는 좀 오래 살고 싶거든. 뭐 금전적으로 넉넉하면 더 좋고. 괜히 이런 일에 휘

말리고 싶지 않아. 돈이 되는 물건이라면 이따 와서 챙기지."

"헛소리! 대체 무슨 심산이지?"

"그건 내가 할 소리야. 왜 갑자기 무공이 약해진 거지?"

"내가 약해졌다고?"

"분명히 네 무공은 약해졌어. 내가 싸울 가치가 없을 만큼."

"지금 그게 무슨 헛소리냐!"

흑월이 발끈하자 한빈이 손을 휘휘 저었다.

"무공이 돌아오면 다시 불러. 그때는 같이 어울려 줄 테니."

"아무래도 효명의 목숨을 거둬야겠군."

말을 마친 흑월이 두 거한에게 턱짓했다.

그와 동시에 거한이 어디선가 횃불을 들고 나타났다.

그 모습에 한빈이 말했다.

"진짜 죽일 수 있을까?"

"내가 못 할까 봐?"

"효명 공주를 죽이면 네가 원하는 물건을 못 찾을 텐데!"

"효명이 죽었다는 걸 과연 누가 알까?"

말을 마친 흑월이 손뼉을 쳤다.

짝!

그 소리에 거한이 횃불을 바닥에 던졌다.

동시에 심지 타는 소리가 들려왔다.

치지직.

그 소리에 한빈이 다시 쪼그려 앉았다.

쪼그려 앉은 한빈을 본 흑월이 슬쩍 입꼬리를 올렸다.

"언제까지 자신만만한 표정을 지을 수 있나 보자고, 진룡 소협."

"그런데 묻어 둔 진천뢰는 언제 터지지?"

그때였다.

한빈의 뒤쪽에서 폭죽이 터졌다.

하늘 위에서 내려오는 불꽃.

불꽃을 본 흑월의 눈이 커졌다.

그도 그럴 것이, 지금쯤 상대의 발밑에서 진천뢰가 터져 나가야 했다.

그런데 발밑은 미동도 하지 않고 뒤쪽에서 폭죽이 터지다 니!

흑월의 어깨가 살짝 떨렸다.

그와 반대로 한빈은 웃으며 자리에서 일어났다.

적반하장

아무렇지 않게 옷자락에 묻은 먼지를 툭툭 턴 한빈이 말했다.

"왜 그렇게 놀라지?"

"대체 무슨 짓을 한 거냐?"

"무슨 짓이라니?"

"왜 터지지……."

"바닥을 자세히 보면 알 수 있을 텐데."

한빈이 어딘가를 가리켰다.

그곳에는 악비광의 창이 꽂혀 있었다.

한빈이 넘어오지 말라며 바닥에 박아 놓은 표시였다.

흑월은 그제야 창이 심지를 끊어 놨음을 알아챘다.

흑월의 눈빛이 살짝 떨렸다. 그것도 잠시, 표정을 숨긴 흑월이 눈을 가늘게 떴다.

"어떻게 알았지?"

"아까 들어올 때부터 냄새가 났거든."

"냄새를 맡았다고?"

"내 코가 조금 예민한 편이라서……. 아래쪽 통로에 진천뢰를 묻어 뒀잖아. 지금 불을 붙인 쪽은 효명 공주가 있는 통로가 아닐 거야. 아마도 내가 있는 곳에 묻어 놓은 진천뢰겠지."

"……."

"더 이상한 건 너희가 그곳에서 움직이지 않는다는 점이었어. 묘하게도 이 근처에서 벗어나지 않더라고. 난 금덩이라도 묻혀 있는 줄 착각했는데, 알고 보니 심지가 한 곳을 지나가지 뭐야."

한빈이 웃자 흑월이 말했다.

"왜 심지가 하나라고 생각한 거지?"

"그럼 불을 붙여 보든가?"

한빈은 아무렇지 않게 돌아섰다.

손을 흔들며 천천히 마을의 입구 쪽으로 걸어가는 한빈의 모습은 마치 나들이를 나왔다가 돌아가는 행인에 가까웠다.

순간 흑월은 소름이 돋았다.

일이 잘못되었다는 것을 깨달은 것이다.

흑월은 재빨리 두 거구에게 턱짓했다.

신호를 받은 두 거구가 담장 뒤로 사라졌다.

그때 마을 입구에서 걸음을 멈춘 한빈이 돌아섰다.

"입구가 그쪽이군. 그럼 출구는 어디 있을까?"

"효명의 목숨이 내 손에 있는 한 너는……."

"누가 효명 공주의 목숨이 네 손에 있다고 그래?"

말을 마친 한빈이 손가락을 튕겼다.

딱!

그 소리에 한빈의 뒤쪽에서 검은 피부의 여인이 나타났다.

그녀는 심미호였다.

그런데 묘하게도 혈색이 좋지 않았다.

마치 서 있기도 힘들다는 듯 숨을 헐떡이고 있었다.

"주, 주군. 다녀왔어요."

"임무는 무사히 잘 끝냈나?"

"잘됐으니까 신호를 보냈죠."

"흠, 그럼 효명 공주 일행은?"

"뒤쪽에서 악 공자와 양 공자님이 호위하고 있어요."

"그러면 내가 준비시킨 일은?"

"신호만 보내시면 바로 실행할 수 있어요."

말을 마친 심미호가 곡괭이를 들어 올리자 한빈이 웃었다.

"아직 힘이 남았나 보네."

"아, 아니에요. 이제는 숟가락 들 힘도 없어요, 주군."

"곡괭이는 잘 들고 있잖아."

한빈이 곡괭이를 가리키자 심미호가 자리에 철퍼덕 앉았다.

"차라리 저를 죽이세요. 더는 못 움직여요."

심미호가 고개를 저었다.

이건 심미호의 진심이었다.

심미호의 고난이 시작된 것은 허공에서 폭죽이 터지면서부터였다.

색깔은 비슷해도 불꽃의 색과 떨어지는 방향에 따라 해야 할 행동이 달랐다.

사실 심미호는 명령을 받으면서도 이 점이 가장 신기했다.

불꽃의 색이야 조절할 수 있지만, 불꽃의 방향을 어떻게 조절하는지 알 수 없었다.

불꽃의 색이 가리킨 것은 굴을 파라는 지시였다.

거기에 방향까지 정확히 가리키고 있었다.

물론 지시의 이유까지는 전달받지 못했다.

하나 심미호는 추호의 의심도 하지 않고 한빈의 지시를 실행에 옮겼다.

장삼과 조호가 그녀의 이번 임무를 도왔다.

심미호는 마을 외곽에서부터 시작해서 굴을 파 나갔다.

아마도 다른 이였다면 엄두도 못 낼 작업이었다.

심미호는 쉬지 않고 굴을 파서 반 시진 만에 통로를 발견할 수 있었다.

위쪽에서는 천둥이 치는 듯한 소리가 울렸지만, 심미호는 계속 통로를 헤치고 나아갔다.

그곳에는 다 죽어 가는 듯한 표정의 여인 둘이 있었다.

심미호는 그들을 구한 뒤 재빨리 밖으로 나와 신호 폭죽을 터뜨렸다.

그다음에 임무가 끝났다고 보고하기 위해서 이곳으로 달려온 것이다.

그런데 힘이 남아돈다니?

심미호는 주군의 말 한마디가 서운했다.

그때였다.

심미호의 품으로 묵직한 주머니 하나가 날아왔다.

획.

주머니를 잡자 안쪽에서 쇠붙이의 마찰음이 들려왔다.

쩔렁.

심미호가 조용히 한빈을 바라봤다.

한빈이 씩 웃으며 전낭 하나를 더 꺼냈다.

그리고는 그 전낭마저 심미호에게 던졌다.

획.

이번에는 방향이 위쪽이다.

심미호는 자리에서 벌떡 일어나 전낭을 허공에서 낚아챘다.

심미호가 물었다.

"이게 뭔가요? 주군."

"포상금. 처음 전낭은 심 부대주 몫이야. 그리고 두 번째 전낭은 대원들 모두 나눠 줘."

"주군."

"왜 그렇게 봐?"

"더 시키실 일 없나요?"

"조금 전까지는 차라리 죽여 달라면서?"

"아, 아니에요. 그건 제 착각이었어요. 이번에는 산을 통째로 뚫을까요?"

"그럴 필요는 없어."

한빈이 손을 휘휘 젓자 심미호는 아쉬운 듯 뒤로 물러났다.

그 모습에 흑월이 외쳤다.

"거짓말!"

한빈이 고개를 갸웃하고 흑월을 바라봤다.

"뭐가 거짓이라는 거지?"

"효명을 구했다는 말은 거짓이다."

"왜 거짓이라고 생각하지?"

"효명을 숨겨 둔 통로의 입구는 나밖에 모르니까! 그런데 너희가 효명을 구했다고? 효명의 목숨이 잘못되면 나를 원망하지 말아라. 진천뢰에는 눈이 없는 법이니까."

"과연 그럴까?"

한빈은 씩 웃었다.

그것도 잠시, 한빈은 고개를 갸웃했다.

뒤에서 불어오는 바람 때문이었다.

미세하지만 분명히 바람이었다.

한빈은 자신의 이목을 숨기고 누군가가 다가오고 있다는 것이 이해가 되지 않았다.

곧 한빈은 눈을 크게 떴다.

고개를 돌려 보니 그 바람의 진원지는 어이없게도 심미호였다.

그 바람은 다름 아닌 심미호의 콧바람이었다.

어찌나 흥분했는지 심미호의 모습은 성난 황소 같았다.

한빈이 나지막이 말했다.

"심 부대주, 왜 그래?"

"머리에 피도 안 마른 것이 제 성과에 흠집을 내려고 하잖아요."

"아, 그거였어?"

한빈이 다시 한번 어이가 없다는 듯 심미호를 바라봤다.

효명을 구한 것이 거짓말이라는 상대의 말에 독이 오른 것이 분명했다.

심미호가 곡괭이를 걸치고 한 발 앞으로 나아갔다.

"네가 직접 봤어?"

"무슨 말을 하는 거지?"

흑월이 인상을 잔뜩 쓰고 물었다.

흑월은 지금 제정신이 아니었다.

처음에 효명을 납치했을 때만 해도 모든 일이 탄탄대로였다.

효명을 미끼로 열쇠를 얻고 도망치면 그만이었다.

금의위도 황군도…….

모두가 흑월의 덫에 걸려 허우적댔다.

그런데 지금 눈앞의 상대는 자신을 적으로 생각하지도 않는 것 같았다.

이게 말이 되는가?

갑자기 죽을 둥 살 둥 달려올 때는 언제고 이제는 한발 빼고 있다.

거기에 갑자기 곡괭이를 든 미친 여인까지 끼어들어서 대화를 어지럽혔다.

흑월은 입술을 꽉 깨물었다.

이 모든 것이 시간을 벌려는 수작이라고 생각되었다.

"분명히 내가 땅굴을 파서 구했거든. 그런데 네가 뭐라고 내 공을 폄하하지?"

"여긴 광부가 나설 자리가 아니다."

"지금 광부라고 했어? 네가 나보다 지위가 높아? 아니면 무공이 높아? 나는 무려 적혈맹호대의 부대주야. 거기에 강호에서 나보다 곡괭이를 잘 쓰는 무인은 없거든!"

심미호가 턱을 올리더니 도도한 눈빛으로 흑월을 쏘아봤다.

"대체 저 광부는……."

그녀의 말을 한빈이 끊었다.

"광부가 아니라 내가 데리고 있는 수하야. 상상도 못 할 무공을 지닌 고수이기도 하지. 네 부하와는 질적으로 다른 고급 인력이란 말이야."

한빈의 말에 심미호가 그제야 표정을 풀었다.

"역시 주군이세요."

그때였다.

흑월이 고개를 갸웃했다.

수하들이 돌아오지 않는다는 것을 깨달았기 때문이다.

주변을 두리번거리던 흑월의 눈이 커졌다.

상대의 뒤쪽에서 나타난 여인.

"저건……!"

흑월의 외침에도 한빈은 눈길조차 주지 않았다.

새로 등장한 인물 때문이었다.

한빈의 옆으로 다가온 이는 효명의 시비인 조미였다.

조미는 한빈을 향해 넙죽 고개를 숙였다.

"감사해요, 팽 공자님."

"별말씀을요. 두 분 다 다친 곳은 없지요?"

"모두 팽 공자님 덕분이에요. 그리고 공주님께서 물어볼게 있다고 하셔서…….”

마치 비밀이라도 되는 듯 조미의 목소리가 작아졌다.

한빈도 덩달아 작은 목소리로 대답했다.

"말씀하시죠.”

"전에 드렸던 증표를 잘 지니고 계시냐고 묻네요.”

"증표요?”

한빈은 고개를 갸웃했다.

그것도 잠시, 한빈이 웃었다.

유림 서원에서 성의라면서 조그만 장신구 하나를 받은 것이 기억났기 때문이었다.

괜히 잃어버렸다가 원망을 들을지 몰라 목걸이에 걸어서 지니고 있었다.

특이한 점은 보이지 않았지만, 그래도 황실에서 준 물건이기에 고이 간직하고 있었다.

한빈은 이 상황에서 그것을 왜 묻는지 이해가 되지 않았지만, 일단 고개를 끄덕였다.

"잘 보관하고 있습니다. 그러니 안심하라고 말해 주시죠.”

"네. 감사해요, 공자님.”

"그럼 공주 마마를 모시고 이곳에서 멀리 떨어져 계시죠.”

"네?”

"곧 경천동지할 일이 벌어질 겁니다.”

"그게 무슨……."

효명의 시녀 조미는 말을 잇지 못했다.

한빈의 표정이 바뀌었기 때문이다.

고개를 돌린 한빈은 심미호를 바라봤다.

"실시!"

"네. 바로 실행할게요, 주군."

말을 마친 심미호가 재빨리 어디론가 달려갔다.

눈 몇 번 깜빡일 때였다.

한빈이 손가락 하나를 폈다.

"먼저 첫 번째."

거기에 맞춰 마을의 뒤쪽에서 폭음이 울렸다.

꾸아앙!

쾅!

지축이 흔들릴 정도의 충격에 흑월이 뒤를 돌아봤다.

마을의 뒤편으로 먼지구름이 피어오르고 있었다.

"대, 대체……."

"뭘 그렇게 놀라? 네가 설치한 진천뢰잖아."

"그, 그걸 네가 어떻게 터뜨렸지?"

"내가 말했잖아. 내 부하들은 제법 유능하다고. 통로에 묻힌 덩치만 큰 놈들하고는 조금 다르지."

"뭐? 통로에 묻혔다고?"

"놀라는 걸 보니 제법 정이 들었나 보네. 이제 두 번째."

한빈이 손가락 두 개를 폈다.

동시에 조금 더 가까운 곳에서 굉음이 울려 퍼졌다.

쿠아앙!

거리의 전각에서 현판들이 떨어질 정도의 충격이었다.

곧 한빈이 손가락을 세 개 폈다.

흑월이 반사적으로 움찔했다.

그 모습에 한빈이 말했다.

"속았지?"

"······."

"똑같으면 긴장을 안 할 거잖아. 그래서 변주를 줘 봤어."

한빈이 말을 마쳤을 때였다.

흑월의 뒤쪽에서 굉음이 울렸다.

쿠앙!

먼지구름이 흑월을 삼켰다.

한빈은 재빨리 검집을 들었다.

이제부터가 시작이었다.

인질로 잡고 있던 효명은 이미 구출했고, 남은 것은 상대
와의 승부였다.

물론 이번에도 구결이 나타나지 않는다면 상대할 가치가
없긴 했다.

한빈은 조용히 먼지구름이 사라질 때까지 기다렸다.

스스슥.

먼지구름이 사라지고 황폐해진 전경이 모습을 드러냈다.

상대의 뒤에 있던 담장은 사라지고 없었다.

또한 상대도 없었다.

한빈은 조용히 고개를 들었다.

오른쪽에는 이 마을에서 가장 높이 솟은 오 층짜리 전각이 자리 잡고 있었다.

흑월은 그곳의 지붕에서 까마귀처럼 자리를 잡고 있었다.

까마귀라고 표현한 것에는 이유가 있었다.

한빈이 보기에 흑월의 모습은 완벽하게 변해 있었기 때문이다.

검과 신체 모두 검은색으로 물들어 있으니, 완벽한 변신이라고 봐야 했다.

한빈은 그 모습에 미소 지었다.

그제야 상대의 모습에서 온전히 천급 구결의 흔적이 보였다.

한빈이 위쪽을 보며 말했다.

"이제 싸울 가치가 생겼군. 정식으로 인사하지. 나는 하북 팽가의 사 공자 팽한빈이라고 하네."

말을 마친 한빈이 씩 웃으며 턱짓했다.

정식으로 소개하라는 뜻이었다.

흑월이 한빈을 보며 말했다.

"흑월이라고 해요. 그런데 말투가 오만하군요."

다시 말투가 바뀌었다.

이전의 당황하던 모습은 어디에도 없었다.

검은색 면사 사이로 드러난 얼굴은 은은한 검은빛을 띠고 있다.

도도해 보이기까지 한 검은빛.

그 검은빛 사이로 천급 구결이 유유히 떠돌고 있었다.

이것이야말로 한빈이 원하던 상황이었다.

한빈이 진지한 표정으로 말을 이었다.

"대체 어떻게 그렇게 변화무쌍한 거지? 고통을 겪으면 공력이라도 올라가는 건가?"

이것은 합리적인 추측이었다.

한빈은 용린검법에서 항상 나오던 글귀를 또렷하게 기억하고 있었다.

그 글귀는 바로 '강호에 흩어진 구결의 흔적'이란 문구였다.

조금 다른 시점으로 해석해 본다면, 용린검법의 구결들은 강호의 흩어진 고수들에게 남아 있다는 뜻이기도 했다.

그 구결에 영향을 받은 고수들은 당연히 용린검법과 비슷한 무공 초식을 지니고 있다 해도 이상하지 않았다.

고통을 겪으면 공력이 올라가는 것은 한빈이 최근 얻었던 고진감래와 비슷했다.

고진감래는 적의 공격으로 내공을 축적하는 수법.

지금 한 번의 폭발로 저런 변화를 만들었다는 것은 분명 연관이 있다는 말이었다.

그때 흑월이 답했다.

"마음대로 생각해요, 호호."

간드러진 웃음소리가 허공에 울려 퍼졌다.

한빈은 눈을 가늘게 뜨며 입꼬리를 올렸다.

"아무래도 시험해 봐야겠군."

한빈이 손가락을 튕겼다.

딱!

그와 동시에 흑월이 서 있던 전각에서 폭음이 울려 왔다.

그들이 묻어 둔 진천뢰가 터진 것이다.

쿠아앙.

다시 피어오르는 먼지구름.

회색 먼지구름 사이로 검은 신형이 화살처럼 날아왔다.

휙.

흑월을 본 한빈이 슬며시 입꼬리를 올렸다.

자신의 예상이 맞았기 때문이다.

지금 자신을 향해 날아오는 흑월의 모습은 이전과는 또 달라져 있었다.

거기에 피부와 검도 더욱 검게 변했다.

더해 천급 구결의 흔적도 더 늘어났다.

흑월의 검 끝에서 붉은 기운이 일렁였다.

한빈이 기분 좋게 뛰어올랐다.

'일촉즉발!'

한빈의 검 끝에서는 푸른 기운이 일렁였다.

가까워질수록 그 기운은 점점 짙어졌다.

물론 흑월의 검도 마찬가지였다.

마치 용광로에서 흘러나온 쇳물처럼 붉은 기운이 일렁이고 있었다.

하지만 한빈은 그 붉은 기운은 신경도 쓰지 않았다.

오로지 흑월의 몸을 노려볼 뿐이었다.

둘은 일말의 망설임 없이 상대를 향해 달려들었다.

마치 해와 달이 동시에 허공에 뜬 것 같은 묘한 형세였다.

이곳에 유일하게 남아 있던 심미호는 입을 딱 벌렸다.

심미호는 한빈의 지시를 다른 이에게 전하기 위해서 진법의 안에 발을 들여놓은 상태였다.

물론 상황이 위험해지면 바로 후퇴하라는 명도 받았다.

방금 있었던 폭발도 심미호의 지시로 이루어진 것이었다.

심미호는 곡괭이를 들고 흑월을 도발했던 기억을 떠올리다가 놀란 상태.

지금 흑월의 기세를 보면 주군인 한빈에 뒤지지 않았다.

그런데 그런 흑월을 겁도 없이 도발했다고 생각하니 괜스레 얼굴이 뜨거워졌다.

심미호는 다시 상황을 바라보며 주먹을 불끈 쥐었다.

도리어 아래에서 위쪽으로 뛰어오른 한빈의 모습이 더 불안해 보였다.

그도 그럴 것이, 같은 경지라면 위에 있는 자가 유리하기 마련이었다.

순간 허공에서 번쩍하고 두 개의 검기가 스쳤다.

마치 숙련된 화공이 그리는 선처럼 아름답게 교차했다.

한빈은 열 걸음 정도를 더 나아가서 바닥에 내려앉았다.

털썩.

한빈이 한쪽 무릎을 꿇고 검으로 몸을 지탱했다.

그것도 잠시, 한빈은 자리에서 일어나 뒤를 돌았다.

그 모습에 멀리 있던 심미호가 자신의 입을 막았다.

한빈의 허리에 희미한 혈선이 생겨났기 때문이다.

그 혈선은 점점 굵어졌다.

한빈의 붉은 피가 이내 무복을 적셨다.

심미호는 불안한 마음에 뒤를 힐끔 바라봤다.

지원을 요청해야 하나 고민이 되었다.

하지만 조금 전 한빈의 말을 떠올리고는 고개를 저었다.

한빈은 어떤 일이 있어도 다른 이를 진법 안에 들이지 말라고 했다.

불안한 표정으로 한빈을 바라보던 심미호는 고개를 갸웃했다.

허공을 바라보는 한빈의 모습 때문이었다.

한빈은 묘한 표정으로 어딘가를 바라보고 있었다.

반대쪽의 적에게는 시선조차 주지 않고 어딘가를 바라보는 모습은, 마치 득도한 고승을 생각나게 했다.

물론 한빈이 바라보고 있는 것은 용린검법의 글귀였다.

[용안으로 구결을 확인합니다.]

[천급 구결 심(心)을 획득하셨습니다.]

글귀가 지나간 후 한빈은 다시 한번 구결을 확인했다.

[알 수 없는 구결 : 오(五)]

[천급 구결 : 심(心)]

[천외천급 구결 : 일(一)]

[……]

보기 좋게 새로운 천급 구결이 용린검법 안에 새겨졌다.

그때였다.

반대쪽에서 흑월이 천천히 돌아섰다.

"어딜 보는 거지요?"

"그건 비밀인데. 힘이 떨어지기 전에 계속하지."

말을 마친 한빈은 흑월을 향해서 뛰어갔다.

흑월도 마주 뛰어갔다.

둘의 투로는 묘하게 비슷한 면이 있었다.

전혀 방어를 생각하지 않는다는 점에서 말이다.

한빈은 흑월의 무공이 자신의 천급 초식인 고진감래와 유사하다는 것을 인정할 수밖에 없었다.

검을 섞고 나니 흑월의 기세가 더욱 난폭해졌기 때문이었다.

한빈은 그 변화를 신경 쓰지 않았다.

그의 관심은 오로지 천급 구결의 흔적뿐이었다.

한빈의 검이 흑월의 요혈을 노리기 시작했다.

챙. 챙.

하지만 흑월은 이전처럼 당하지 않았다.

챙. 챙.

한빈의 검을 막고 동시에 반대로 요혈을 노리고 있었다.

서로 요혈을 노리고 막고를 반복했다.

흑월의 검이 이전보다 더 빨라졌기에 가능한 일이었다.

마치 한빈이 전광석화를 쓴 것처럼 말이다.

검을 섞던 한빈이 눈을 가늘게 떴다.

"어디선가 들어 본 듯한 무공이군."

"어디에서 들었을까요?"

"전설로만 내려오던 흡공대법(吸功大法)이 분명해."

"어떻게 확신하죠?"

"내 기운을 뺏어 간 것 같으니까."

"당신의 기운이라고요?"

"그 검의 속도 말이야. 왠지 눈에 익숙해서. 중원에서 그런 빠른 검을 쓸 수 있는 사람은 딱 한 명밖에 없거든."

"그게 누구지요?"

"바로 나!"

말을 마친 한빈의 검이 묘하게 방향을 틀었다.

성동격서의 수법이다.

그와 동시에 흑월이 한빈의 품으로 파고들었다.

한빈이 검을 틀어 흑월의 공격을 막았다.

그때였다.

흑월의 검이 묘한 방향으로 꺾였다.

한빈은 피하지 않고 그 방향을 향해서 검집을 던졌다.

'백발백중.'

검집이 날아오던 흑월의 검을 삼켰다.

착.

한빈은 왼손으로 그 검집을 잡았다.

흑월은 당황한 듯 검을 황급히 뺐다.

그와 동시에 한빈의 검을 향해 자신의 검집을 뻗었다.

착.

한빈의 검이 흑월의 검집에 먹혔다.

한빈은 씩 웃으며 흑월의 품으로 파고들었다.

한빈의 검집에서 검을 빼내려던 흑월의 의도는 수포가 되었다.

하지만 한빈의 검도 흑월의 검집에 잡혔다.

한빈은 이번 초식에서도 신기한 점을 발견했다.

그때 흑월이 말했다.

"내가 그리 마음에 드나요? 왜 이리 꽉 잡고 안 놔주실까?"

"피차일반이지."

한빈이 씩 웃자 흑월이 말했다.

"셋에 놓죠. 하나."

"둘."

한빈이 씩 웃자 흑월이 마지막 숫자를 셌다.

"셋."

하지만 상대의 검을 놓는 이는 없었다.

검을 맞잡은 한빈이 말했다.

"우리는 통하는 데가 있군."

"그건 내가 할 말이네요."

"자세히 보니 흡공대법은 아니야. 대체 뭐지?"

한빈이 눈을 가늘게 떴다.

정말 신기한 일이었다. 한빈이 흑월의 검을 자신의 검집에 넣은 것은 백발백중의 수법.

그런데 흑월의 수법도 마찬가지로 백발백중의 수법이었다.

흑월의 표정을 보면 이전에 알던 무공이 아니었다.

그렇다면 눈앞에서 본 무공을 바로 습득했다는 말이었다.

이것은 불가능한 일이었다.

물론 불가능한 일은 없었다. 한빈의 용린검법도 평범한 강호인의 처지에서 보면 불가능한 일이니 말이다.

그렇다면 상대도 자신과 비슷한 무공을?

한빈은 눈을 가늘게 뜨고 흑월을 바라봤다.

아무리 기감을 곤두세워도 상대에게 느껴지는 용린의 기운은 없었다.

그렇다면 어떻게 된 일일까?

천급 구결이 나타났다가 사라지고.

다시 나타났을 때는 한빈의 무공을 그대로 베껴서 쓰고 있다니?

한빈은 자신도 모르게 입꼬리를 올렸다.

당황스럽다기보다는 호기심이 한계치를 넘어섰기 때문이다.

흑월은 한빈에게 꺾어야 할 적이 아니었다.

연구해야 할 대상으로 보였다.

만약 이렇게 계속 변한다면 끊임없이 천급 구결을 제공할수도 있지 않은가?

한빈은 가능한 한 다양한 용린검법의 초식을 써 보기로 했다.

한빈은 천급 초식인 유유상종을 펼쳤다.

유유상종은 어떤 고수의 초식이라도 따라 할 수 있는 초식이었다.

어찌 보면 지금 흑월이 펼치는 무공과도 같은 부류라고 볼 수 있었다.

유유상종을 펼친 한빈은 재빨리 뒤로 물러났다.

순간 흑월도 같이 물러난다.

둘의 모습은 마치 쌍둥이 같았다.

한빈의 미소가 더욱 진해졌다.

한빈은 문득 어떤 상황을 실험해 보고 싶었다.

동경을 두 개 마주 보게 한다면 양쪽 동경이 서로를 비출 것이었다.

그 비춘 형상을 반대쪽 동경이 비추고, 그것까지 포함한 동경 안의 모습을 다시 상대 쪽 동경에서 비춘다.

그렇게 반복하다 보면 무수한 잔상이 생기기 마련.

무공도 그와 비슷하지 않을까?

한빈이 한 발 앞으로 나아갔다.

흑월도 똑같이 달려들었다.

순간 한빈의 검이 빨라졌다.

한빈의 검이 빨라지는 만큼 흑월의 검도 빨라졌다.

그 장면을 지켜보던 심미호는 눈을 크게 떴다.

아무리 생각해도 사람의 속도가 아니었다.

처음에는 둘의 검이 희미하게나마 보였다.

그런데 점점 속도가 붙더니 이제는 보이지 않았다.

둘의 주변으로 광풍이 불기 시작했다.

밖에서 불어온 바람이 아니라, 둘을 중심으로 피어나는 소용돌이였다.

둘의 검이 부딪치며 그 파장으로 소용돌이가 만들어졌다.

심미호는 자신도 모르게 곡괭이를 던졌다.

아무래도 이 싸움을 막아야 할 것 같아서였다.

이것은 본능이었다.

소용돌이는 주위에 먼지구름을 만들어 냈다.

쏴악.

심미호는 조심스럽게 발을 옮겼다.

하지만 그들이 만들어 낸 기세 때문에 앞으로 나아갈 수 없었다.

심미호는 재빨리 주변을 둘러봤다.

한빈은 무아지경의 상태에서 검을 놀리고 있었다.

흑월의 검이 빨라진 만큼 한빈의 검도 빨라졌다.

한빈의 검이 빨라지면 거기에 따라 흑월의 검도 빨라졌다.

그게 반복되다 보니 인간의 한계에서 벗어난 것이었다.

순간 한빈의 눈앞이 번쩍했다.

용린검법의 글귀가 나타났기 때문이다.

[용안으로 구결을 확인합니다.]
[천급 구결 일(一)을 획득하셨습니다.]

의도하지는 않았어도 난타전 끝에 우연히 천급 구결을 획득한 모양이었다.

한빈은 흑월의 얼굴을 바라봤다.

순간 한빈의 눈이 커졌다.

흑월의 얼굴에 있던 검은빛이 점점 사라지고 있었다.

더 황당한 것은 점점 주름이 늘어나고 있다는 점이었다.

누가 보면 노파라고 해도 믿을 정도로 상태가 좋지 않았다.

순간 한빈은 이 싸움을 멈춰야 한다는 것을 깨달았다.

지금 자신의 상태를 확인할 수 없지만, 추측대로라면 이 싸움은 서로를 비추는 상황.

그렇다면 한빈의 얼굴도 저 모양이 되어 있을 터였다.

뜻하지 않게 동귀어진할 수밖에 없는 상황이란 말이었다.

점점 빨라지는 한빈과 흑월의 검.

이것은 한마디로 악순환이었다.

서로 주고받는 검격 속에 점점 빨라지는 속도.

이미 인간의 한계를 뛰어넘어 버린 지 오래였다.

한빈은 노파의 얼굴을 한 흑월의 모습이 바로 그 증거라고 생각했다.

면사에 가려져 있긴 해도, 얼핏 보이던 살결로 봐서는 대략 이십 대 후반.

그런데 지금의 모습은 적어도 여든은 넘어 보였다.

이는 흑월이 펼치는 무공의 부작용이 분명했다.

면사로 얼굴을 가리고 다니는 이유도 무공의 부작용이 원인일 것이다.

아마 회복의 구결이 없다면 한빈도 저런 상황에 놓일 수도 있었다.

그 증거로 회복의 구결은 점점 줄어들고 있었다.

거기에 더해 다른 구결도 무작위로 줄어들고 있었다.

유유상종 자체가 무작위로 구결을 소모하기 때문이었다.

구결이 소모되기 전에 이 싸움을 끝내야 했다.

과연 어떤 초식을 써야 할까?

어떤 초식을 펼쳐도 상대가 그대로 따라 할 것이다.

그렇다면 상황은 파국으로 치달을 수밖에 없었다.

본래는 이화접목의 수법을 하나 더 쓸까도 생각해 봤다.

하지만 그 수법마저 그대로 돌아올 것이 분명했다.

유유상종이 추가된 이화접목의 수법까지 되돌아오리라는 것은 불 보듯 훤한 일.

그렇게 되면 결론은 하나였다.

동귀어진.

그 외에 다른 방법은 없을까?

아무리 생각해도 한빈의 힘으로는 지금의 싸움을 끝낼 수 없었다.

순간 한빈의 입꼬리가 살짝 올라갔다.

이곳에 남아 있는 사람이 하나 더 있었기 때문이다.

한빈은 이미 불안해하는 심미호의 시선을 눈치채고 있었다.

한빈은 재빨리 공력을 왼손에 모았다.

그러고는 손가락을 튕겼다.

딱.

순간 반대편에서도 똑같은 소리가 울렸다.

딱.

한빈은 지금 상황이 신기했다.

초식뿐 아니라 모든 동작을 똑같이 따라 하는 흑월 때문이었다.

흑월도 지금의 상황이 이해되지 않았다.

이렇게 자신의 힘을 주체하지 못한 적은 처음이었다.

흑월이 칠 년 동안 동굴에서 수련한 것은 천하제일의 무공이 아니었다.

그녀는 칠 년 동안 어떤 영약에도 견딜 수 있는 육체를 만들었다.

무공 수련이 아닌 신체를 단련시켰다는 말이었다.

암제는 영약 열일곱 개를 흑월에게 건넸다.

영약의 이름은 흑경(黑鏡)이었다.

말 그대로 검은 거울이라는 뜻이었다.

흑경을 직접 보고 나니 그 이름이 이해가 되었다.

흑경은 마치 조각난 거울 같았다.

얼마나 반들거리는지, 손톱 정도 되는 크기의 흑경은 얼굴을 비출 수도 있었으니까.

중요한 것은 영약이 사흘 동안 사용자를 천하제일로 만들어 줄 수 있다는 점이었다.

상대의 내공을 받아 자신의 내공으로 만들고.

상대의 초식을 자신의 초식으로 만드는 효과를 지닌 것이 흑경이었다.

정확히는 상대의 힘을 증폭시켜서 돌려주는 효과를 낸다고 했다.

흑경을 사용하기 위해서는 그 힘을 견딜 수 있는 육체를 지녀야 한다고 했다.

암제가 전해 준 흑경은 열일곱 알.

지금 다섯 알을 사용했으니 열두 알 남았다.

흑월은 흑경을 사용하고 나서, 흑경의 사용자가 현 천하제일이 될 수밖에 없다는 확신이 생겼다.

그도 그럴 것이, 힘을 증폭시켜 상대에게 돌려준다는 것은 자신보다 두 배 강한 상대와 싸워야 한다는 말이다.

누구도 자신보다 두 배 강한 상대에게 이길 수는 없는 일.

물론 흑경의 부작용도 있었다.

육체의 한계를 넘어서면 급속도로 노화된다.

노화된 육체가 회복되는 데 걸리는 시간은 무려 한 달.

이미 한 번 한계를 넘어선 덕분에 면사로 얼굴을 가리고 다녀야만 했다.

그런데 다시 한번 한계를 넘어서게 된 것이다.

흑월은 자신이 망가졌다는 것을 깨닫고 있었다.

이 때문에 흑월도 일단 싸움을 멈추고 싶었다.

하지만 그녀의 의지는 싸움을 멈출 수 없었다.

보통은 일각 안에 상대가 나가떨어져야 정상이었다.

그런데 지금 눈앞의 상대는 이상했다.

흑월이 전달한 힘을 상대 쪽에서 증폭해서 되돌려주고 있었다.

흑월은 그 힘을 다시 증폭해서 상대에게 전하고 있었다.

이 말은 상대도 흑경을 복용했다는 말이었다.

흑월은 이를 악물었다.

관절에서 저릿한 통증이 느껴졌다.

심미호는 먼지 소용돌이 사이에서 들려오는 신호를 듣고 고개를 갸웃했다.

지금의 소리는 이곳에 남은 진천뢰를 모두 터뜨리라는 신호였다.

이곳에 남아 있는 진천뢰를 다 터뜨리라고?

묻혀 있던 진천뢰의 양은 상당했다.

그것을 전부 한 번에 터뜨린다면 주군인 한빈은 무사하지 못할 터였다.

심미호는 입술을 꽉 깨물었다.

이건 자신이 판단할 문제가 아니었다.

그렇다고 해서 주군의 지시를 어길 수도 없었다.

심미호는 한 발 뒤로 물러섰다.

그것만으로도 안쪽의 광경이 보이지 않았다.

심미호가 서 있던 자리는 진법의 경계에 있었다.

고산파의 진법 고수들은 마을의 안과 밖을 완벽하게 분리했다.

덕분에 안쪽에서 무슨 일이 벌어지는지 밖에 있는 사람은 알지 못했다.

이것은 안에 있는 사람도 마찬가지였다.

진법의 밖으로 빠져나온 심미호는 뒤쪽을 돌아보고 신호를 내렸다.

순간 입구 너머에서 웅성거리는 소리가 들려왔다.

그것도 잠시, 신형 하나가 심미호의 앞에 나타났다.

그 신형의 정체는 조호였다.

조호가 다급하게 물었다.

"부대주님, 지금 신호를 잘못 보내신 것 아닌가요?"

"주군의 명이다. 일단 모두를 대피시키고 주군의 명을 따라라."

"아니, 주군이 동귀어진의 수법을 지시할 리가 없지 않습니까?"

"분명히 그런 지시를 내렸으니 실시하도록."

"주군도 이곳에 묻힌 진천뢰의 양을 아실 텐데……."

"주군의 지시다."

말을 마친 심미호는 조호의 소매를 잡았다.

그러고는 진법 안으로 한 걸음 내디뎠다.

조호도 이제는 진법 안으로 몸을 들였다.

진법 안으로 들어온 조호가 눈을 크게 떴다.

"대, 대체 저 소용돌이는 무엇인가요? 주군과 적은 어디 가고요?"

"저 소용돌이를 만든 것이 주군과 적이다."

"저 안에 주군이 있다고요?"

"내가 보기에 멈출 수 없는 상황임이 분명해."

"그렇다고 동귀어진을 선택해요?"

그때였다.

다시 소리가 들려왔다.

딱! 딱!

순간 조호의 눈이 커졌다.

"진짜네요."

"그럼, 내가 착각할 것 같아? 저렇게 두 번 동시에 손가락을 튕기는 것은 바로 그 신호야."

심미호의 말은 사실이었다.

한 번 튕기는 것은 지정한 장소의 진천뢰를 터뜨리는 것이고, 동시에 두 번 튕기는 소리는 진천뢰를 모두 터뜨리라는 신호였다.

물론 한빈은 사실 한 번 튕겼지만, 실제 이들은 흑월의 소리가 추가되어서 두 번을 들었던 것.

"허……."

조호가 한숨을 내쉬었다.

확실히 양손으로 손가락을 튕기는 소리가 분명했다.

조호가 입술을 깨물자 심미호가 그의 어깨를 토닥였다.

"주군의 뜻이다."

심미호의 목소리는 그 어느 때보다 침통했다.

"아마도 우리를 위해서겠죠."

"내 생각에도……."

심미호가 고개를 끄덕였다.

상대가 그만큼 강하다는 증거였다.

이 승부에서 상대만 살아남는다면?

아마 적을 막을 수 있는 사람은 이곳에 없을 것이다.

효명 공주도 적혈맹호대도 모두 끝장날 터.

심미호는 조호를 이끌고 진법 밖으로 나왔다.

그리고 눈 깜짝할 사이에 모두에게 대피를 지시했다.

악비광과 양예신은 이곳에 남겠다고 버텼지만, 효명 공주의 호위를 명하자 바로 수긍하고 한발 물러섰다.

이제 적혈맹호대 몇 명만이 마을의 입구에 남아 있는 상황이었다.

심미호가 장삼을 바라봤다.

"장삼, 불을 붙여요."

"잠시만 시간을 주시죠."

횃불을 든 장삼이 심호흡했다.

장삼의 앞에는 한 가닥의 심지가 있었다.

그 심지를 쭉 따라가 보면 여러 개로 갈라진다.

그 여러 개의 심지는 마을 바닥에 묻혀 있는 심지였다.

심미호를 따라 안쪽을 살펴본 결과, 마을을 가루로 만들 만한 양의 진천뢰가 묻혀 있었다.

마을의 전각 전체가 가루가 된다는 것은 개미 새끼 하나도 살아날 가능성이 없다는 말이었다.

망설이는 장삼을 본 심미호가 횃불을 뺏었다.

"내가 하는 게 좋겠어요, 장삼."

"잠시만요, 부대주."

"장삼은 주군을 못 믿어요?"

"믿지만 아무래도 양이 양인지라……."

"주군은 어떤 상황에서도 살아 돌아오실 분이에요. 우리가 늦게 행동하면 주군이 더 위험할 수 있어요, 장삼."

그때였다.

뒤쪽에서 낯선 목소리가 들렸다.

"무, 무슨 일이에요?"

심미호와 조호가 동시에 고개를 돌렸다.

그곳에는 효명이 눈을 반짝이고 있었다.

놀란 심미호가 물었다.

"공주 마마, 여긴 왜 오셨어요?"

"왜 우리에게 대피하라고 하는 거죠?"

"주군의 명이에요."

"팽 공자님의 지시라고요? 무슨 지시인지 말해 줘요."

"이곳이 위험하니 대피하라고 전했습니다, 마마."

"왜 위험해요? 조금 있으면 팽 공자님이 대결에서 승리하실 텐데. 그리고 개선장군처럼 나오실 거잖아요. 그런데 왜……."

효명이 울먹이자 심미호가 손을 저었다.

"주군의 명이에요."

"저 심지들은 뭐예요? 설마……."

"주군의 명이니 일단 돌아가시죠. 주군이 이런 지시를 내린 이유는 마마의 안전 때문이기도 해요."

말을 마친 심미호는 조호와 장삼에게 눈짓했다.

조호가 효명에게 고개를 숙였다.

"죄송합니다, 마마. 잠시 실례하겠습니다."

"그게 무슨……."

효명은 말을 잇지 못했다.

조호와 장삼이 효명의 양쪽 팔을 잡았기 때문이다.

조호와 장삼은 망설임 없이 효명을 잡고 구걸십팔보를 펼쳤다.

동시에 횃불을 든 심미호로부터 멀어졌다.

눈 깜짝할 사이에 심미호가 보이지 않았다.

그들이 멀어지자 심미호는 횃불을 바닥에 던졌다.

툭.

그러고는 자리에서 사라졌다.

사사 삭.

횃불이 닿자 그 자리에 심지가 타들어 갔다.

치지 직.

한빈은 다시 한번 손가락을 튕겼다.

심미호가 자신의 안전 때문에 지시에 따르지 않을 가능성도 있었기 때문이다.

딱! 딱!

역시나 흑월은 한빈의 행동을 모두 따라 했다.

그때였다.

한빈은 고개를 갸웃했다.

손가락 튕기는 소리가 마치 양손을 사용하는 것처럼 들렸기 때문이다.

순간 한빈의 눈이 커졌다.

양손을 동시에 튕기는 것은 동귀어진의 수법을 시행하라는 신호였다.

그것도 잠시, 한빈은 다시 상대에게 집중했다.

검의 속도가 점점 빨라지고 있었다.

한빈은 심미호의 판단을 믿었다.

설마 이곳에 있는 진천뢰를 다 터뜨리는 무모한 짓은 알아서 자제할 것이 분명했다.

지금 발아래에 있는 진천뢰만 터뜨려도 그 효과는 충분할 테니 말이다.

챙. 챙.

한빈과 흑월이 내는 소리가 점점 빨라졌다.

숙련된 악공들의 연주보다 더 아름다운 음을 만들어 내는 두 사람.

그 소리에 반한 산새들이 한빈과 흑월이 만들어 낸 소용돌이를 향해 날아들 정도였다.

소용돌이 쪽으로 날아든 새들은 그 위를 맴돌았다.

소리에 반해서 날아들기는 했지만, 소용돌이가 무서워서 다가가지 못하는 것이었다.

그때였다.

산새들이 황급하게 날갯짓하며 하늘 위로 날아올랐다.

한빈도 새들의 변화를 알아챘다.

그와 동시에 바깥쪽에서 굉음이 울렸다.

쿠아앙!

그 굉음은 한 번으로 끝나지 않았다.

조금 더 가까운 곳에서 다시 굉음이 울렸다.

쾅!

점점 가까워지는 굉음에 한빈은 일이 잘못되었음을 깨달았다.

쾅!

이제는 귀가 얼얼할 정도였다.

서로 눈에 보이지 않을 만큼의 공방을 주고받기에 느리게 느껴질 뿐이지, 이것은 동시에 터진다고 봐야 했다.

한빈은 재빨리 지(智)의 구결을 사용했다.

순간 한빈의 머릿속에 수백 개의 장면이 그려졌다.

눈을 가늘게 뜬 한빈은 검의 방향을 바꾸었다.

한빈의 검이 향한 곳은 흑월이 아닌 자신의 뒤쪽이었다.

한빈이 등을 돌리자 흑월의 검도 방향을 바꾸었다.

순간 한빈은 흑월의 가장 큰 단점을 알아냈다.

흑월의 무공에는 조금의 의지가 담겨 있지 않다는 점이다.

완벽하게 초식을 따라 하는 것도 모자라 진기를 증폭시켜 되돌려준다는 점은 신기했다.

이상한 것은 그 과정이 마치 본능 같았다는 점이었다.

자세히 보면 상대의 동작에는 의지가 들어 있지 않았다.

상대하다 보면 마치 거울을 마주 보는 것 같은 느낌이었다.

거울에 의지가 있을까?

의지라고 한다면 거울에 비친 사람의 의지였다.

즉 거울 자체가 의지를 지니고 있다고 볼 수는 없었다.

만약 상대방의 초식에 의지가 담겨 있다면?

등을 돌린 한빈은 반 토막이 날 수도 있는 상황이었다.

그런 점에서 이것은 평범한 사람이라면 행하지 못할 도박이었다.

한빈은 뒤쪽에서 등을 돌린 흑월을 느낄 수 있었다.

상대는 그저 자신을 따라서 등을 돌린 것이 분명했다.

어떤 원리인지는 알 수 없지만, 중요한 것은 그게 아니었다.

한빈은 재빨리 용린검법의 초식을 떠올렸다.

'진룡파혼검!'

초식을 떠올리자 용린의 기운이 노도처럼 신체를 누비기

시작했다.

쌔—아악.

신체를 맴돌던 용린의 기운은 심장을 지나 양쪽 팔의 혈맥에 몰아쳤다.

한빈은 검에 모든 신경을 집중했다.

동시에 흑월이 진룡파혼검을 따라서 펼치기를 바랐다.

그사이에도 점점 폭발음은 가까워졌다.

쿠앙! 쾅!

진천뢰는 연쇄반응을 일으키는 듯 쉬지 않고 터졌다.

한빈은 이 순간 심미호와 적혈맹호대의 꼼꼼함에 감탄했다.

이렇게 하나도 남김없이 터뜨릴 줄은 몰랐다.

어찌 된 게 불발탄조차도 없었다.

코앞에서 바닥이 하늘로 솟구쳤을 때, 용린의 기운이 검신에서 터져 나왔다.

팡!

한빈은 뒤쪽에서 같은 파공성을 들을 수 있었다.

팡!

등을 지고 흑월 역시 진룡파혼검의 초식을 펼쳐 낸 것이다.

한빈이 있던 자리 아래에서 뜨거운 열기가 올라왔다.

쿠앙!

이는 한빈의 도박이었다.

상대의 힘까지 이용하지 못한다면 이 폭발의 한가운데에서 살아남지 못한다는 판단이었다.

진룡파혼검은 모든 것을 무로 돌릴 수 있는 초식.

미치는 범위가 넓지 않았지만, 폭발의 위력을 상쇄시킬 정도는 되었다.

실제로 진룡파혼검의 기운은 밀려 들어오는 열기를 모두 상쇄시켰다.

사르륵.

일단 발등의 불은 끈 상태.

그때였다.

땅이 흔들리기 시작했다.

두두둥.

그뿐이 아니었다.

멀리서 거대한 갈색 구름 같은 것이 보였다.

자세히 보니 구름이 아니라 흙더미가 내려오는 모습이었다.

지금의 폭발로 산사태가 일어난 것이다.

한빈은 재빨리 발을 굴렀다.

팍!

발아래 통로로 대피하기 위함이다.

발을 몇 번 구른 한빈은 묘한 기분에 아래쪽을 바라봤다.

아래쪽의 땅이 흐물거리는 느낌이 들었기 때문이었다.

순간 바닥이 푹 꺼지며 몸이 빨려 들어갔다.

푹.

한빈의 눈에 보이는 것은 칠흑과 같은 어둠이었다.

그런데 깊이가 너무 깊었다.

예상 밖의 깊이에 놀란 것도 잠시, 한빈은 대충 상황을 눈치챘다.

아무래도 발아래 통로 밑에 또 다른 통로가 있었던 것이 분명했다.

마치 밤톨이 경사로를 굴러가듯 한빈은 정신없이 아래로 굴렀다.

한빈은 통로를 구르며 숫자를 셌다.

이곳의 깊이를 파악하기 위해서였다.

픽!

한빈의 몸이 드디어 바닥에 닿았다.

깊이는 대충 오십여 걸음.

폭발 때문에 생긴 통로가 아니라 인위적으로 파 놓은 듯했다.

게다가 횡으로만 통로를 파 놓은 것이 아니라 종으로도 깊숙이 통로를 파 놓은 것을 보니, 평범한 마을이 아닌 게 분명했다.

아마도 흑월이 효명을 납치하고 이곳에서 기다린 이유가 바로 이 통로 같았다.

한빈은 운이 좋다고 생각했다.

일단 몸을 움직일 공간만 있다면 여기서 살아 나가는 데는 문제가 없었다.

한빈은 재빨리 다리 쪽에서 단검을 꺼냈다.

단검을 손에 쥔 한빈은 그대로 벽을 그었다.

팅!

벽은 제법 단단한 암석으로 되어 있는지 불꽃이 일었다.

역시나 공을 들여 만든 장소라는 이야기였다.

한빈은 다시 단검으로 벽을 그었다.

팅.

희미하지만 주변의 지형지물이 드러났다.

한빈은 재빨리 손을 뻗었다.

벽에 있는 횃불을 발견했기 때문이다.

한빈은 횃불을 슬쩍 얼굴로 가져갔다.

순간 미약하지만 기름 냄새가 흘러나오는 게 느껴졌다.

적어도 일 년에 한 번은 이 횃불에 기름이 묻었다는 이야기다.

즉, 관리된 횃불이라는 말.

한빈은 아무렇지 않게 검지를 횃불에 갖다 댔다.

검지에서 뜨거운 열기가 피어올랐다.

그 열기가 횃불에 옮겨붙었다.

화르륵.

횃불 덕분에 칠흑 같던 어둠은 사라졌다.

주변을 둘러보니 앞은 막혀 있었다.

정확히는 어지럽게 음각된 문양이 새겨진 철문이 있었다.

한빈은 문을 만져 봤다.

손끝에서 차디찬 한기가 느껴졌다.

차가운 한기가 느껴지는 것으로 봐서 북해의 만년한철이 분명했다.

이런 곳에 만년한철이라?

순간 한빈은 등에서 소름이 돋았다.

두려움이 아니라 기쁨 때문이었다.

"이게 웬 횡재냐!"

운이 좋아도 이렇게 좋을 수는 없었다.

어찌 보면 흑월은 운을 품고 굴러들어 온 호박일지도 모른 다는 생각이 들었다.

처음 본 기괴한 상대와 검을 맞대 본 것도 행운이요.

효명 공주를 구해서 황실에 빚을 지운 것도 한빈에게는 이 득이었다.

거기에 더해 보물이 묻혀 있을지도 모르는 비고까지!

일석이조, 아니 일석삼조라고 봐야 했다.

한빈은 자신도 모르게 주먹을 불끈 쥐었다.

한빈은 조심스럽게 만년한철에 새겨진 문양을 확인했다.

그것도 잠시, 한빈은 고개를 갸웃했다.

이 문양은 아무리 생각해도 본 적이 없었다.

생각해 보면 전생과 현생을 통틀어 이 지역에서 비고가 발견되었다는 것은 들어 본 적이 없었다.

생소한 문양에 처음 듣는 비고라면?

방법은 하나였다.

한빈은 횃불을 옆에 놓아두고 조용히 용린의 기운을 모았다.

쏴아-악!

진룡파혼검을 다시 쓰려 한 것이다.

한빈의 생각은 간단했다.

열지 못하면 없애 버리는 것이 한빈의 방식.

용린의 기운을 막 검신에 담았을 때였다.

한빈의 발목에서 이상한 감촉이 느껴졌다.

본능적으로 기운을 멈춘 한빈이 발아래를 바라보았다.

한빈은 순간 입을 벌렸다.

한빈의 발목을 누군가 잡고 있었기 때문이다.

"귀신?"

"끄응."

신음이 들려오는 것을 봐서는 귀신은 아니었다.

한빈은 옆에 놓아두었던 횃불을 다시 들었다.

횃불로 발목을 잡은 형체를 비추어 봤다.

그곳에는 검은 무복을 입고 쓰러져 있는 이가 있었다.

긴 머리와 가녀린 체구를 보면 흑월일 가능성도 있었다.

"끄응."

다시 신음을 토해 내는 상대를 본 한빈은 조용히 발을 빼
냈다.

상대가 누군지 중요하지는 않았다.

그냥 앞에 있는 문을 없애고 이곳을 떠나면 그만이었다.

흑월이든 아니면 그녀의 수하든.

저 상태라면 한빈이 손쓸 필요가 없었다.

한빈이 다시 기운을 모을 때였다.

다시 발목에서 감촉이 느껴졌다.

시선을 돌려 아래를 내려다보니, 어느새 검은 무복이 한빈
의 발목을 잡고 있었다.

"끄응."

다시 신음을 토해 내는 검은 무복.

마치 상대는 한빈에게 뭔가를 말하려는 듯 보였다.

한빈은 검은 무복의 몸을 돌렸다.

드디어 얼굴을 드러낸 검은 무복.

한빈은 눈을 가늘게 떴다.

상대는 흑월이 분명했다.

생각해 보면 마지막 기억보다 더 늙어 보였다.

이제는 그냥 시체라고 해야 할 정도로 핏기가 없었다.

거기에 얼굴은 마치 마른 가죽 같아서, 손으로 문지르면
바스러질 것 같았다.

살아 있는 사람이 아닌 시체라고 보는 것이 정확했다.

"끄응."

다시 신음을 토해 내는 흑월을 본 한빈은 눈을 가늘게 떴다.

마른 나무껍질과도 같은 피부에 주름이 잡혀 있었다.

흑월의 모습은 마치 애원하는 듯 보였다.

한빈이 조용히 말했다.

"하고 싶은 말이 있다면 해도 좋아. 마지막으로 기회를 주지."

"끄응."

돌아오는 것은 신음밖에 없었다.

한빈은 옅게 한숨을 내쉬며 고개를 흔들었다.

고개를 흔든 한빈이 돌아서려 할 때.

흑월이 다시 한빈의 발목을 잡았다.

이건 꼭 물귀신 같았다.

계속 발목을 잡는 것을 보면 같이 죽자는 것일까?

한빈은 한숨을 쉬었다.

"휴……."

"끄응."

다시 신음을 토해 내는 흑월의 모습에, 결국 한빈은 쪼그려 앉았다.

그 모습이 너무 필사적이었기 때문이다.

쪼그려 앉은 한빈은 흑월의 상태를 다시 확인했다.

한빈은 그녀가 왜 신음만 토해 내는지 그때야 알았다.

입술 쪽을 보니 흙이 묻어 있었다.

정확히는 흙을 물고 있다고 봐야 했다.

그 흙 때문에 정확한 발음을 못 내는 것 같기도 했다.

입속에 들어간 흙도 토해 내지 못할 만큼 흑월은 힘이 없었다는 것.

그런데 발목을 잡았다고?

대체 어떻게 된 일일까?

한빈은 조용히 손을 뻗었다.

그 손은 흑월의 정수리를 지그시 눌렀다.

손을 통해 미약하게나마 용린의 기운이 흑월에 흘러 들어갔다.

이 할 정도의 기운을 담은 기사회생의 초식이었다.

기사회생의 초식으로 흑월을 깨운 후 자초지종을 들어 볼 예정이었다.

그 대답이 불만스럽다면 바로 파혼장의 기운을 흑월의 정수리에 흘려보낼 작정이었다.

기사회생의 기운이 몸속으로 흘러 들어가자, 흑월이 바로 반응했다.

"쿨럭!"

동시에 흙을 한 움큼 토해 냈다.

자세히 보니 피부도 조금이나마 핏기를 찾았다.

한빈은 지상에서 본 그녀의 마지막 얼굴을 떠올렸다.

그때도 노파처럼 자글자글 주름이 잡힌 얼굴이었다.

기사회생은 본래대로 돌려놓는 것이지, 젊어지게 만드는 초식이 아니었다.

사실 한빈은 노파가 젊은 여인으로 변장한 것은 아닐지 생각했었다.

하나 지금 상황을 보니, 노파가 젊어 보이려고 주안술을 쓴 것은 아닌 것 같았다.

아마도 무공의 부작용 때문에 피부가 나무껍질처럼 변했던 것이 분명했다.

한빈은 고저 없는 목소리로 물었다.

"무슨 일이지?"

"하지 마!"

흑월은 마지막 힘을 짜낸 듯 외쳤다.

한빈이 고개를 갸웃했다.

"뭘 하지 말라는 거지?"

"지금 하려는 거 전부."

"이 문을 부수지 말라는 건가?"

"그래, 부수지 마."

"이 안에 보물이라도 들어 있나 보군. 그러니 더욱 하고 싶은데."

한빈이 돌아서서 용린의 기운을 모았다.

그때 다시 뒤에서 목소리가 들려왔다.

"저 문을 부수면 다 죽어. 함정이야."

"함정이라고?"

"날 살려 주면 입구까지 안내할게."

"입구? 여기가 입구가 아닌가?"

"……."

흑월이 말없이 눈만 끔뻑이자 한빈이 다시 물었다.

"내가 널 어떻게 믿지?"

"그 문을 여는 순간 이곳은 무너져 내려. 그러니 마음대로 해."

"흠. 그럼 조건은?"

"나를 여기서 데리고 나가. 그게 내 조건이야."

"살려 달라는 게 아니고 데리고 나가라고?"

"밖으로 나가면 죽이든 살리든 네 마음대로 해. 그러니 일단은 걷게라도 해 줘."

"걷게 해 달라고?"

"네가 가진 그 기묘한 술법으로 말이야."

말을 마친 흑월의 입술이 살짝 떨렸다.

한빈은 눈을 가늘게 떴다.

흑월이 말한 술법이란 기사회생의 초식일 터.

한빈은 기사회생의 기운을 다시 흘려보냈다.

정확히는 삼 할의 기운이었다.

기사회생의 기운을 받은 흑월은 눈에 띄게 달라졌다.

나무껍질 같았던 피부가 어느 정도 돌아온 것.

물론 완벽하지는 않았다.

"일어날 수 있나? 흑월이라고 했지?"

팔짱을 낀 한빈이 무심하게 물었다.

흑월이 말을 더듬으며 자리에서 일어났다.

"고, 고맙다."

자리에서 일어난 흑월은 조용히 문 쪽으로 걸어갔다.

터벅터벅.

힘없이 문 앞에 선 흑월이 고개를 돌렸다.

그 순간에도 한빈은 긴장의 끈을 놓지 않았다.

흑월이 조금이라도 허튼짓을 한다면 바로 목을 쳐 낼 심산
이었다.

이렇게 흑월에게 기회를 주는 이유는 간단했다.

흑월의 목소리에 거짓은 없어 보였다.

거기에 자세히 보니 만년한철로 된 문에서 묘한 위화감을
느꼈기 때문이다.

그 문이 함정이라는 흑월의 말은 거짓이 아닌 것 같았다.

그렇다면 이곳의 진짜 입구는 따로 있을 터였다.

흑월은 몸을 돌리더니 문이 아닌 벽 쪽으로 갔다.

그러고는 손을 내밀었다.

"그 횃불 줘."

"그런데 아까부터 반말이네."

한빈이 눈을 가늘게 뜨자 흑월이 놀란 듯 눈을 크게 떴다.

"너는 적을 높여 부르나?"

"그 말이 맞긴 하네. 생각해 보니 나는 적이라고 생각한 사람을 한 번도 살려 둔 적이 없었어."

"그게 대체 무슨 말이지?"

"네가 적이라는 것을 일깨워 줘서 고맙다는 뜻이야, 흑월."

"죄송해요, 팽 공자."

실로 놀라운 태세 전환이었다.

갑자기 공손해지는 흑월의 모습에 한빈이 헛기침했다.

"흠. 어쨌든 조금이라도 수상한 행동을 한다면 네 목숨을 바로 거둘 테니 그리 알도록."

"그렇게 알고 있지요."

"그곳이 입구인가?"

"일단 횃불을 주시지요."

흑월이 다시 손을 내밀자 한빈은 아무렇지 않게 횃불을 건넸다.

횃불을 받은 흑월은 문 옆에 있는 오른쪽 기둥에 횃불을 꽂았다.

동시에 벽이 흔들리며 묘한 소리를 냈다.

끼기긱.

한빈은 소리의 원인을 바로 알아챘다.

횃불을 꽂아 넣은 벽이 천천히 열리며 굉음을 내고 있었
다.

흑월의 말대로 만년한철로 된 문은 진짜 입구가 아니었다.

진짜 입구는 벽 쪽에 숨겨져 있었다.

만약에 문을 그대로 부수었다면?

흑월의 말대로 이쪽의 통로가 무너져 내릴 수도 있었다.

한빈은 지금의 기관 장치에 대해서 머릿속에 깊이 새겼다.

언젠가는 이 경험이 사면초가의 상황에서 생명 줄이 될 것
이 분명했기 때문이다.

한빈은 전생에도 구사일생의 순간을 모두 머릿속에 깊이
새겼다.

그때의 경험 덕분에 현생에서 구사일생의 상황을 손쉽게
넘기곤 했다.

같은 시각.

마을의 입구에서 멀리 떨어진 심미호와 적혈맹호대는 눈
앞에 벌어진 광경에 아연실색했다.

심미호는 한 번에 모든 진천뢰를 폭파했던 자신의 행동을
자책했다.

아무리 봐도 지금의 광경은 상상외였다.

마을이 자리 잡은 자리는 산 중턱이었다.

그런데 진천뢰가 동시에 터지자, 산봉우리 쪽에서 상상도 못 할 흙모래가 쓸려 내려왔다.

쉽게 말해 산사태가 일어난 것.

심미호가 목격한 자연의 힘은 어마어마했다.

지금 눈앞에 보이던 마을은 흔적도 없이 사라졌다.

대신에 그 자리에는 높게 솟은 봉우리가 생겨났다.

멀리서 보면 꼭 무덤 같은 모양이었다.

한빈이 있던 자리가 무덤이 된 것이다.

그때였다.

뒤쪽에서 그 광경을 바라보고 있던 효명 공주가 마을을 향해 달려갔다.

하지만 옆에 있던 그녀의 시녀 조미에게 바로 잡혔다.

"공주 마마, 위험해요!"

"저, 저기에 팽 공자가 묻혀 있어."

"지금 가셔서 구하실 수 있어요? 지금 가셔도 짐만 될 뿐이에요."

"아니, 흙이라도 파헤쳐서 구할 거야."

말을 마친 효명 공주가 입술을 깨물자, 심미호가 그녀의 곁에 다가갔다.

"공주 마마, 지금 달려가는 건 주군을 돕는 행동이 아니에요."

"무슨 뜻이야?"

"밑에 사람이 깔려 있는데 위에서 밟으면 어떻게 되겠어요?"

"그, 그럼 어떻게 해야 해?"

"방법은 하나예요."

"무슨 방법이지?"

"공주 마마가 있던 비밀 통로 기억나시죠?"

"기억나. 심 부대주가 우릴 구해 줬잖아."

"일단 그 통로를 확보하는 게 먼저라고 생각해요. 아마 지상으로 탈출 못 하셨다면 그 통로에 몸을 숨기셨을 가능성이 높아요."

"그렇다면 팽 공자님이 살아 있다는 이야기야?"

"당연하죠. 우리 주군은 쉽게 죽을 분이 아니에요."

"심 부대주의 말, 믿어도 돼?"

"우리 주군을 못 믿으세요? 믿음이 부족하시군요."

"아, 아니야. 믿어."

"그럼 저희는 구출 준비를 할게요. 공주 마마께서는 악 공자님과 양 공자님의 옆에 계세요."

"아니, 나도 도울래."

"음."

심미호는 침음을 삼켰다.

아무리 생각해도 효명은 철부지 공주에 불과했다.

대충 보니 그만큼 주군을 좋아하는 것은 알겠지만, 반대로 그 행동이 주군에게 해를 끼친다는 것은 모르는 것 같았다.

일손이 부족하다고 해도 철부지 공주의 손은 방해가 될 뿐.

그때 양예신이 조심스럽게 끼어들었다.

"저도 돕겠소이다. 심 부대주."

"형님이 저 안에 계실 수도 있는데 제가 손을 놓고 있을 수만은 없지요."

악비광도 한마디 거들었다.

공주를 호위할 악비광과 양예신까지 나선 상황.

심미호는 고개를 끄덕였다.

"그래요. 이쪽으로 오세요."

심미호는 천천히 무덤이 된 마을을 향해서 걸어갔다.

다행히도 마을 입구 옆에 뚫어 놨던 통로를 막은 흙모래의 양은 그리 많지 않았다.

심미호는 곡괭이를 들었다.

순간 심미호의 곡괭이에 푸른 강기가 맺혔다.

팍. 팍.

심미호는 두더지처럼 흙모래를 걷어 냈다.

그 걷어 낸 흙모래는 장삼과 조호가 능숙하게 뒤쪽으로 밀어 냈다.

그들이 일하는 방식은 간단했다.

심미호가 통로를 열며 만들어 내는 흙모래를 뒤쪽에 있는 자가 걷어 내면, 그것을 다시 뒤쪽에 있는 자가 뒤로 보낸다.

심미호가 점점 안쪽으로 들어갈수록 바깥쪽에 있는 사람들은 입구 쪽에 쌓인 흙모래를 정신없이 옮겨야 했다.

포대에 담아서 먼 곳으로 옮기지 않으면 입구는 눈 깜짝할 사이에 막히게 된다.

그 정도로 안쪽에서 나오는 흙모래의 양은 어마어마했다.

양예신과 악비광도 쉬지 않고 흙모래를 날랐다.

사실 안쪽으로 들어가서 돕고 싶었지만, 적혈맹호대 대원들보다 일이 능숙하지 않았다.

양예신이 보기에 그들의 작업 속도는 아무리 고수라도 따라갈 수 없을 만큼 빨랐다.

양예신은 힐끔 효명을 확인했다.

한빈을 구하기 위해서 손을 보탰지만, 자신이 호위해야 할 대상을 잊을 수는 없는 법이었다.

순간 양예신의 눈이 커졌다.

효명의 손에서 얼핏 핏물이 보였다.

아무래도 무리한 작업 때문에 손에 상처가 난 것 같았다.

양예신은 조용히 효명 쪽으로 다가갔다.

그때 악비광이 양예신의 소매를 잡았다.

양예신은 급작스러운 상황에 고개를 돌려 악비광을 바라봤다.

악비광이 조용히 고개를 젓자 양예신이 물었다.

"악 아우, 왜 그러는가?"

"그냥 놔두십시오."

"공주 마마의 상태가……."

"저렇게라도 해야 마음의 짐을 덜 것입니다."

"마음의 짐이라……."

"솔직한 생각을 말씀해 주시지요. 이 상황에서 팽 형님이 살아난 확률이 얼마나 될까요?"

"흠."

"저는 형님이 살아 있다고 믿습니다. 저보다 더한 상황에서도 멀쩡하셨으니까요."

"그래, 나도 형님이 살아 있다고 믿네."

"하지만 말입니다, 형님."

악비광이 살짝 고개를 저었다.

순간 양예신이 눈을 가늘게 뜨고 말했다.

"말해 보시게, 악 아우."

"솔직히 저런 산사태에서, 무림삼존이라고 멀쩡하겠습니까?"

"허……."

양예신이 길게 한숨을 내뿜자 악비광이 말을 이었다.

"팽 형님이 이렇게 된 게 누구 때문입니까?"

"……."

"원인은 공주 마마의 납치가 아닙니까? 형님이 잘못되면 공주 마마는 아마도……."

"무슨 말인지 알겠네. 내 생각이 짧았네. 마음의 짐을 내려 놓을 기회를 내가 뺏을 뻔했네, 악 아우."

양예신은 고개를 끄덕였다.

생각해 보면 악비광의 말이 백번 맞았다.

오로지 공주의 안위만 생각했기에 그 마음까지는 헤아리지 못했다.

지금처럼 돕기라도 해야 효명 공주의 마음이 조금은 가벼워질 것이다.

일이 잘못된다면 자신 때문에 한빈이 잘못되었다는 자책에서는 벗어나지 못하게 될지도 모르니 말이다.

그때였다.

효명이 포대를 떨어뜨렸다.

툭.

그 모습에 양예신이 달려가서 포대를 들었다.

양예신이 포대를 들자 효명이 손을 내밀었다.

"그거 주세요, 양 공자님."

"공주 마마……."

"그냥 주세요. 제가 할 일이에요."

효명이 다시 손을 내밀었다.

그 손을 자세히 보니 여기저기 물집이 잡혀 있었다.

그중 몇 군데는 물집마저 터져 진물과 피가 흘러나오고 있었다.

황궁에서 언제 이렇게 짐을 날라 봤을까?

연약한 몸 때문에 산책조차 못 하던 것이 효명 공주였다.

그런데 갑자기 무거운 포대를 옮기니 탈이 날 수밖에 없었다.

아무래도 이러다가는 손의 상처가 덧날 것 같았다.

걱정도 잠시, 양예신은 고개를 갸웃했다.

정신이 없어서 물어보지 못했는데 진짜 중요한 것을 빠뜨린 것 같았다.

한참을 생각하던 양예신이 효명을 조심스럽게 바라봤다.

"공주 마마."

"네, 양 공자님."

"솔직하게 말씀해 주십시오. 저들이 원하는 게 대체 무엇입니까? 현비 마마를 찾는 이유가 무엇인지 아십니까?"

"그건……."

"지금 짐을 나르는 것보다 더 중요한 일일 수 있습니다, 공주 마마."

이는 사실이었다.

효명 공주의 안위에 신경을 쓰느라 진짜 중요한 질문을 모두가 잊고 있었다.

이제 조금 있으면 금의위의 강유찬이 도착할 것이다.

이 질문은 더 일찍 해야 했다.

"그냥 내 몸을 뒤졌어요."

"몸이요?"

"마, 맞아요. 그들끼리 하는 얘기를 들어 보니, 열쇠를 찾는다고 했어요."

"열쇠라고요?"

"그걸 어마마마가 가지고 계신다고 했던 것 같아요."

"현비 마마가 들고 있던 열쇠라……."

양예신이 고개를 갸웃하자 효명은 말을 이었다.

"열쇠 비슷한 게 황궁에 있긴 해요."

"비슷하다니, 그게 무슨 말씀이시죠?"

양예신이 진지한 표정을 묻자 효명이 답했다.

"청룡시(靑龍匙)라고 하는 조그만 장신구예요. 장신구이긴 한데 이름에 열쇠라는 뜻이 있으니……."

"청룡시라……. 그럼 그 물건은 어디 있죠?"

"그건……."

효명은 말끝을 흐리며 흙에 덮인 마을을 바라봤다.

청룡시는 선대 황제로부터 내려오는 부적이었다.

청룡시를 가지고 있으면 어떤 액운이라도 몰아낼 수 있다고 들었다.

청룡이 여의주를 물고 있는 듯한 형상의 조그만 비녀가 청룡시였다.

청룡시는 지금 어디에 있을까?

예전에 황제는 청룡시를 현비에게 선물로 줬었다.

현비는 황제에게 받은 청룡비를 몇 해 전 효명에게 건넸다.

효명이 병마 때문에 살아날 가망이 안 보이자 현비가 결심한 것이다.

지푸라기라도 잡는 심정으로 말이다.

청룡시는 실제로 액운을 몰아내는 효험을 가지고 있음이 분명했다.

절체절명의 순간에 효명이 병마를 떨치고 일어날 수 있었으니, 그것이 증거가 아니고 무엇이겠는가?

물론 사실은 하북팽가의 사 공자인 한빈이 황제에게 바친 천산혈랑의 내단 덕분이었다.

하지만 때마침 약재가 나타났다는 것 자체가 청룡시의 효험일 수도 있었다.

그 후 효명에게 액운은 더 이상 닥치지 않았다.

유림 서원에 숨어들기 전에는 말이다.

유림 서원에 숨어든 후 정체불명의 세력에 해코지를 당할 뻔했다.

효명은 그제야 이제까지 자신의 액운을 몰아낸 것이 청룡시가 아니라 하북팽가의 사 공자라는 것을 깨달았다.

유림 서원에서도 그녀를 구한 것은 하북팽가 사 공자인 한빈이었으니까.

한빈이 살아 있는 한 청룡시는 더는 필요가 없었다.

진짜 부적은 청룡시가 아니라 한빈이라는 사람 자체였으니……

그래서 효명은 유림 서원에서 빠져나오며 청룡시를 한빈에게 건넸었다.

물론 그것을 선물로 받은 한빈은 어떤 의미가 담긴 물건인지는 모를 것이다.

그냥 평범한 장신구라 말했으니까.

효명은 주먹을 슬며시 쥐었다.

청룡시가 액운을 몰아내 줬으면, 하고 기원했다.

거기까지 생각한 효명이 입가에 미소를 그렸다.

묘하게도 청룡시가 한빈의 액운을 몰아내 줄 것만 같은 기분이 들었기 때문이다.

무덤을 바라보며 웃는 효명의 모습은 마치 넋이 나간 것처럼 보였다.

양예신이 어찌할 바를 모르고 있을 때, 악비광이 그에게 나지막이 말했다.

"일단은 그냥 두시죠, 형님."

"알겠네."

양예신은 조용히 뒤로 물러났다.

멍하니 먼 산을 바라보고 있는 효명을 시녀 조미가 와서는 옆에 있는 바위에 앉혔다.

그 후 한참 동안 효명은 무덤이 된 마을을 바라보며 웃기
만 했다.

＊

한편 길게 뻗은 통로를 이동 중이던 한빈이 눈을 가늘게
떴다.

보통 통로를 만든다면 수평을 맞춘다.

하지만 이 통로는 조금 묘했다.

마치 산등성이를 오르듯 굴곡이 있었다.

그나마 다행인 것은 흑월이 이곳 통로에 관해 훤하다는 것
이다.

중간에 있는 기관 장치를 해제하면서 흑월은 능숙하게 앞
장섰다.

한빈은 흑월과 막다른 방에 다다랐다.

그 방에 다다르자 흑월이 말했다.

"이곳에서 반 시진 정도 기다려야 해요."

"반 시진이라……."

한빈은 주위를 돌아보며 눈을 가늘게 떴다.

이 방은 구조가 독특했다.

중간에 커다란 구멍이 있기에 횃불로 비춰 봤지만, 끝이

보이지 않았다.

그리고 위쪽을 보면 종유석이 삐죽 튀어나와 있었다.

방 안이 습한 것이 살짝 기분 나쁜 방이었다.

한빈의 의심 가득한 눈초리에 흑월이 입을 열었다.

"거짓말이 아니에요."

"반 시진이라고 했지?"

"네. 딱 반 시진이에요. 그 후에 통로가 열릴 거예요."

"그래, 믿을게. 시간도 많은데 그 무공에 관해 이야기해 보자고."

"무, 무공이요?"

"그 말도 안 되는 무공 말이야."

"무공에 대한 내력을 물어보는 건 실례 아닌가요?"

"실례라……. 그건 조금 의외인데."

"그게 무슨 말이죠? 무인끼리 상대의 무공을 그렇게 거리낌 없이 물어보는 건 강호의 도리가 아니죠."

"그건 말이 통하는 상대를 대할 때고! 우리는 적이 아니었나? 지금 이렇게 대화를 할 수 있는 것도 조건부였지, 아마도……."

한빈이 말끝을 흐리며 입꼬리를 올렸다.

그 모습은 누가 보아도 악당의 표정이었다.

동시에 손가락 관절을 딱딱 꺾는 한빈.

이것은 분명히 위협이었다.

순간 흑월이 뒷걸음 쳤다.

"왜 그러세요? 내가 길을 안내하겠다고 했잖아요."

"내가 한 가지 제안을 하지."

말을 마친 한빈이 평온한 표정으로 바라봤다.

"제안이라고요?"

"그래, 제안."

"그게 뭔데요?"

"모든 사실을 말해 준다면 너를 치료해 주지."

"치, 치료라고요?"

"네 무공의 부작용을 치료해 줄 수도 있어. 솔직히 말해
봐, 원래 그런 모습이 아니었지?"

"그건……."

"부작용을 상쇄시키려면 중요한 게 한 가지 있지."

"그, 그게 뭔데요?"

"무공은 내력을 모른다면 그 효과는 반감되기 마련이라는
거야. 이제 남은 기회는 딱 한 번. 그 안에 부작용을 상쇄시
키지 못하면 넌 영원히 그 꼴로 살아야 할걸."

"의원이라도 되는 것처럼 말씀하시네요. 지금의 한 수는
내공을 써서 저를 일으킨 것뿐이잖아요. 실제 제 병을 고칠
수 있는 것은 성수신의와 천수신의밖에 없을걸요."

흑월이 눈을 가늘게 떴다.

의심 가득한 흑월의 모습에 한빈은 피식 웃었다.

아무래도 자신의 얼굴이 조금이나마 회복된 것은 모르는 듯했다.

"왜 그렇게 웃죠?"

"그냥……. 그런데 나 의원 맞아."

"당신이 의원이라고요? 의원이라고 해도 이건 못 고쳐요."

"혹시 그 천수신의라는 자 말이야, 하북 쪽에 있는 의원 아니야?"

"그, 그걸 어떻게……. 그러고 보니 당신은 하북팽가 사람이었죠?"

"아마 천수신의라는 이름이 생긴 것이 그가 거처하는 곳이 천수장이기 때문일걸."

"그것도 하북 사람이라면 알 수 있죠. 혹시 천수신의와 친우라도 된다고 말하려는 건가요?"

"천수신의는 내가 매일 보는 사람 중 한 명이지."

"매일 본다고요? 그럼 혹시 이곳에 와 있다는 건가요? 그렇다면 당신은 의원이면서 동시에 천수신의랑 친우라는 건데……."

흑월이 의심의 눈초리로 한빈을 바라봤다.

그 모습에 한빈이 고개를 휘휘 저었다.

"잘 생각해 봐, 천수신의란 자의 성씨가 뭔지."

"그야 생……."

흑월이 고개를 갸웃했다.

생각해 보니 강호에 떠도는 정확한 이름이 없었다.

그저 생불이라고만 불리는 이였다.

다른 신분으로는 천수장의 장주라고도 들었다.

중원에서 이름난 두 명의 신의를 찾아다닌 이유는 지금과 같은 흑경의 부작용 때문이었다.

신체가 점점 노화되는 부작용은 그 어떤 영약으로도 고칠 수 없었다.

현비의 열쇠를 얻어서 무림을 쥐락펴락할 정도의 힘을 얻게 된다면, 그녀는 강남 혹은 하북에 있는 신의를 찾아갈 예정이었다.

사람들의 말에 따르면 그 둘은 어떤 병이건 고칠 수 있다고 했다.

물론 천수신의와 성수신의 간에는 서로 다른 특징이 있었다.

하북에 있는 천수신의의 경우, 사람이 아니라고 생각되면 환자로 받지 않는다고 했다.

오죽하면 생불로 불리겠는가?

그런 이유로 흑월은 일이 끝나면 강남의 성수신의를 찾기로 했다.

성수신의는 사람의 됨됨이보다는 돈을 보고 치료하는 의원이라고 소문이 나 있었기 때문이다.

당연히 후자 쪽이 접근하기에 더 편했다.

그런데 천수신의가 이곳에 와 있다고?

그렇다면 말이 달라졌다.

흑월이 말했다.

"천수신의를 보면 다 말할게요. 그러니 기다리세요."

"네가 말한 천수신의가 나야."

"허, 농담도 잘하시는군요."

"내가 어떻게 죽어 가는 너를 치료했을까?"

"그야 진기를 불어 넣어……."

"진기를 불어 넣는다고 피부까지 원래대로 돌아오는 것은 아니지."

"그, 그게 무슨……."

흑월이 말끝을 흐리자 한빈이 검을 뽑았다.

스르릉.

갑작스러운 상황에 흑월이 주춤 물러나며 소리쳤다.

"왜 그러시는 거죠?"

"잘 봐."

한빈의 검이 흑월의 눈앞에서 멈췄다.

동시에 한빈은 검을 횡으로 눕혀서 검신의 반들반들한 부분을 흑월의 눈에 맞췄다.

희미하게나마 흑월의 얼굴이 검신에 반사되었다.

그 모습을 본 흑월은 눈을 크게 떴다.

"이건 대체……."

말끝을 흐린 흑월은 자신의 얼굴을 만져 봤다.

고목의 껍질 같았던 피부가 어느 정도 회복된 것 같았다.

이것은 있을 수 없는 일이었다.

내공을 사용해서 치료한 것이라고 해도, 어쨌든 이는 분명히 상대가 의원이라는 증거.

흑월은 다시 한빈을 바라봤다.

"당신이 진짜 천수신의라고요?"

"왜, 못 믿어?"

"천수신의는 분명히 생불이라 불리는…….."

흑월은 눈빛이 살짝 떨렸다.

한빈이 기분 나쁜 표정으로 말했다.

"그러니까, 지금 내 모습이 생불하고는 거리가 멀다는 건가?"

"……."

흑월은 누가 봐도 의심의 눈초리로 한빈을 바라보기만 했다.

한빈이 엷은 미소와 함께 말을 이었다.

"원래 진정한 보살은 누군가에게는 선녀가 되었다가도 누군가에게는 악귀가 되는 법이지."

한빈이 의미심장한 미소를 지으며 자신의 붉은 무복을 가리켰다.

흑월이 무슨 뜻인지 몰라 고개를 갸웃했다.

"그게 무슨 의미죠?"

"혹시 천수신의는 붉은 옷을 입고 다닌다는 소문은 듣지 못했나?"

"그러고 보니……."

흑월은 자신도 모르게 고개를 끄덕였다.

죽어 가는 자를 지나치지 못하기에 손에 피가 마를 날이 없다고 들었다.

거기에 더해 환자를 돌보느라 옷을 갈아입을 틈도 없어서, 아예 피와 같은 색의 붉은색 옷을 입고 다닌다는 소문도 있었다.

흑월이 조심스럽게 물었다.

"그럼 날 고쳐 줄 수 있다는 말인가요?"

"안내만 잘한다면. 그러니 그 무공에 대해서 털어놓는 게 도움이 될 거야."

"흠."

"싫으면 말고."

"흑경."

"흑경?"

"내 무공의 비밀은 흑경이라는 영단이에요. 그러니까……."

흑월은 조심스럽게 자신의 무공에 대해서 털어놨다.

그 설명에 한빈은 눈을 가늘게 떴다.

다른 무인이라면 믿지 않겠지만, 한빈은 그것을 믿을 수밖에 없었다.

그도 그럴 것이, 한빈이 용린검법을 얻게 된 계기가 바로 용린을 집어삼키면서가 아니던가?

한빈이 고개를 끄덕이자 흑월이 말을 이었다.

"믿으시는군요?"

"알고 있어. 넌 외모를 소중히 여기잖아. 원래의 나이로 돌려줄 수 있는 건 나밖에 없으니, 그때까지는 배신도 거짓말도 하지 않겠지."

"제가 외모를 소중히 여긴다고요?"

"생각해 봐, 그렇지 않고서야 왜 면사를 썼겠어? 안 그래?"

"아……."

"무공에 대한 부작용을 숨기려고 면사를 쓴 게 아니었나?"

"……."

"그리고 무림에는 기이한 이야기가 널려 있다는 속담이 있지. 나는 그 강호 속담을 믿는 편이거든. 그런데 왜 그런 흑경이란 무서운 물건을 사용한 거지? 들어 보면 자신을 해치는 물건이잖아."

"이 나라를 없애려고요."

"나라를 없앤다? 이건 몇몇 무림인이 떠드는 강호 일통 같은 헛소리보다도 허풍이 심하군. 그게 가능하다고 봐?"

"힘이 있다면 불가능할 건 없죠?"

"그 힘을 흑경이 만들어 준다고?"

"그건 물론 아니죠."

"그럼 그 힘이 현비에게 있다는 건가?"

"그걸 어떻게……."

"그야 당연하지 않나? 현비를 모셔 오라 시켰으면 그만한 이유가 있을 거잖아. 지금까지의 얘기를 보면 현비가 복수의 대상은 아닌 것 같고 말이야."

"눈치가 빠르시군요."

"그 힘, 나눠 볼까?"

한빈이 사람 좋은 얼굴로 상대를 바라봤다.

그 눈빛에 흑월이 말했다.

"일을 다 망쳐 놓고 힘을 나누자고요?"

"왜, 안 되나? 정확히 말하면 네 목숨은 내 것이니 내가 힘을 나눠 주는 것이라고 보면 되겠네. 아니 몇 대 몇으로 할까? 내가 그 힘 중에 일 할 정도는 떼어 줄 수 있어."

"이건 적반하장이 따로 없군요. 그 힘을 왜 원하는 거죠?"

"사실 내가 급하게 쓸 곳이 있거든."

한빈이 아무렇지 않게 팔짱을 끼고는 벽에 기댔다.

지금 한 말에는 조금의 거짓도 없었다.

이번 생은 누구에게도 휘둘리지 않고 살고 싶었다.

누군가가 주장하는 정의를 위해 개처럼 뛰고 싶은 마음은 추호도 없었다.

백경이라고 해도 똑같았다.

가질 수 없다면 피하면 그만.

만약 피할 수 없다면 부수면 된다.

이게 한빈의 기본 전략이었다.

뒤통수가 근질거리는 것은 참을 수 없으니 말이다.

흑월이 말한 그 힘이 진짜라면?

아마도 백경이 가진 힘을 뛰어넘을 수도 있었다.

흑월은 더는 답하지 않았다.

잠시 둘 사이에 침묵이 흘렀다.

그때였다.

갑자기 위쪽 종유석에서 물이 떨어지기 시작했다.

뚝. 뚝.

순간 흑월이 외쳤다.

"벽을 잡아요!"

한빈은 벽에 파인 홈을 잡고 몸을 고정했다.

위쪽에서 떨어지는 물이 점점 굵어졌다.

한빈은 왜 반 시진을 기다려야 하는지 이제는 알 수 있었다.

안배

천장에서 떨어지는 물은 중앙 바닥에 파인 구멍으로 흘러 들어가고 있었다.

종유석을 타고 흘러내리던 물이 멈추자, 중간에는 연못이 생겼다.

위에서 떨어진 물이 구멍을 채운 것이다.

그때 흑월이 자리에서 일어났다.

"이제 통로가 열렸네요. 저 연못으로 들어가야 해요."

"그럼 앞장서시지."

한빈이 연못을 가리키자 흑월이 심각한 표정으로 말했다.

"그런데 아직은 아니에요. 조금 더 시간이 필요해요."

"혹시 딴 속셈 있는 거 아니야?"

한빈이 눈을 가늘게 떴다.

"속셈은 무슨 속셈이요? 날 치료해 줄 수 있는 사람은 두 명의 신의밖에 없어요."

"그럼 나 말고 하나가 더 있다는 거잖아."

"저는 이제껏 약속을 어긴 적이 없어요."

흑월이 어색한 미소를 지었다.

그 웃음에 한빈이 조용히 고개를 끄덕였다.

"그 말 믿지."

물론 거짓말이었다.

한빈은 적을 쉽게 믿을 만큼 호락호락한 삶을 살지 않았다.

팔짱을 낀 한빈은 조용히 연못을 바라봤다.

그러고는 지의 구결을 사용했다.

순간 용린의 기운이 백회혈로 모였다.

한빈은 맑아진 머리로 앞으로의 상황을 계산해 보았다.

계산을 마친 한빈은 조용히 흑월을 바라봤다.

지의 구결을 사용해서 낸 결론은 통로까지는 흑월과 함께해야 한다는 것이다.

한빈이 나지막한 목소리로 물었다.

"그럼 얼마나 기다려야지?"

"차 한 잔 마실 시간 정도면 될 거예요."

흑월이 손가락 하나를 폈다.

"그럼 일단은 기다릴 테니, 너도 쉬어."

말을 마친 한빈은 일렁이는 횃불을 연못에 비추어 보았다.

연못 속의 구덩이는 아까보다 더 어둡게 느껴졌다.

그도 그럴 것이, 횃불의 빛이 물을 통과하는 것에는 한계가 있었다.

거기에 연못 안으로는 횃불도 가져갈 수 없고, 냄새도 맡을 수가 없다.

어찌 보면 물속에서는 한빈의 능력도 무용지물일 수 있었다.

그때였다.

흑월이 자리에서 일어났다.

그와 동시에 연못에서 희미한 빛이 흘러나왔다.

안을 들여다보니 점점 밝아지는 연못.

한빈은 대충 상황을 눈치챘다.

아마도 밖에서는 해가 떴을 것이다.

그 햇빛이 안쪽까지 들어와서 이곳을 밝히는 것이 분명했다.

대충 계산해 보면 햇빛이 들어오는 시기와 물이 차오르는 시기가 적당히 맞아야만 통로를 통과할 수 있는 생로(生路)가 열리는 것.

연못 앞에 다가선 흑월이 말했다.

"따라오세요. 그런데 생명까지는 책임 못 져요."

"알았어. 일단 안내부터 해."

"꼭 약속 지키시길!"

말을 마친 흑월이 연못에 들어갔다.

첨벙.

한빈도 흑월을 따라 연못으로 들어갔다.

흑월은 한 치의 망설임도 없이 앞서 나갔다.

한빈은 왜 물이 가득 차야 이 통로를 지나갈 수 있는지를 그제야 알았다.

벽 쪽에는 쇠붙이가 튀어나와 있었다.

얼핏 봐도 그 쇠붙이들은 예리한 날을 드러내고 있었다.

경공술만 믿고 통로로 내려왔다가는 수많은 칼날에 몸이 걸레가 되고 말았을 터.

물론 한빈도 예외는 될 수 없었다.

비록 회복의 구결을 지니고 있다고 해도 한계가 있었다.

중요한 것은 이 통로가 언제 끝날지 모른다는 점이었다.

숨을 참고 통로를 지나친 지 벌써 일각.

고수가 아니라면 숨을 참을 수 없을 시간.

무공을 모르는 사람이 들어온다면 바로 시체가 될 것이었다.

중요한 것은 그뿐이 아니었다.

통로는 방과 방 사이를 연결해 주고 있었다.

문제는 방으로 들어가면 총 여섯 개의 선택지 중에서 하나를 골라야 한다는 점이다.

왔던 길을 포함해서 동서남북으로 사방이 뚫려 있으며, 위와 아래도 뚫려 있었다.

그중 하나가 생로인 것이다.

물론 모든 벽에는 짐승의 이빨처럼 날카로운 칼날이 솟아 있었다.

오랜 시간 칼날이 상하지 않은 것을 보면 저것은 분명히 보통 쇠붙이가 아니었다.

한빈은 자신도 모르게 입꼬리를 올렸다.

이곳에서 나가면 심미호를 시켜서 모든 기관 장치를 완전히 드러낼 작정이었다.

필요한 물건은 싹 다 빼 가는 것이 한빈의 최종 목표.

그렇다면 일단 여기 온 수고비 정도는 건질 수 있다고 생각했다.

물론 지금은 그때가 아니었다.

한빈은 흑월을 따라 위쪽으로 갔다가 다시 왼쪽으로 그리고 다시 오른쪽으로.

계속해서 물속을 가로질렀다.

얼마나 지났을까.

앞쪽에 좁은 통로가 보였다.

앞쪽으로 가던 흑월이 몸을 멈췄다.

그러고는 손짓으로 조심하라고 신호를 보낸다.

손을 좁혔다 벌리는 것을 봐서는 통로가 움직인다는 뜻 같
았다.

자세히 보니 좁은 통로에도 역시 칼날이 이빨처럼 튀어나
와 있었다.

마치 독사의 이빨 같기도 했다.

흑월은 칼날을 피해 능숙하게 그곳을 지나갔다.

그녀의 몸이 막 그곳을 벗어나려는 순간이었다.

갑자기 통로가 좁아졌다.

좁아진 통로 때문인지 칼날이 흑월의 발목을 그었다.

순간 흑월이 당황한 표정으로 손짓했다.

오지 말라는 신호였다.

손 모양을 보니 이곳에서 기다리면 통로가 다시 넓어지는
것 같았다.

다행히 문은 더는 좁아지지 않았다.

하지만 문제는 그 문이 머리 하나 겨우 빠져나갈 정도라는
점이었다.

그사이에도 흑월의 발목에서는 미세하게 피가 흘러나오고
있었다.

그때였다.

한빈은 흑월을 향해 몰려드는 한 가닥의 물줄기를 봤다.

마치 물속에서 날아오는 작살 같았다.

물론 흑월도 그것을 보고 있었다.

흑월은 허리에 찬 검을 뽑으며 잠시 기억을 떠올렸다.

흑월이 이렇게 통로를 편하게 공략할 수 있었던 이유는 암제가 남긴 일기의 상반부 때문이었다.

암제가 남긴 일기의 상반부에는 비밀 창고의 문 앞까지 가는 길이 나와 있었다.

기록에 의하면 비밀 창고 안에 중원을 말살할 힘이 남아 있다고 했다.

물론 비밀 창고로 들어가려면 열쇠가 필요했다.

그녀가 지금 그곳으로 가는 이유는 비밀 창고 앞에 지상으로 향하는 문이 있기 때문이었다.

지상으로 나갈 수는 있지만, 반대로 지상에서 안으로는 못 들어오는 진법이 설치된 출구였다.

그곳까지 가기에는 시간에 맞춰 통로를 지나쳐야 했다.

통로의 중간에는 함정이 하나씩 있다.

이곳도 그 함정 중의 하나였다.

기록에는 통로를 통과하는 도중에 절대로 상처를 입으면 안 된다고 기록되어 있었다.

상처를 입는 순간 기관 장치가 발동되기 때문이다.

물론 어떤 기관 장치인지는 알 수 없었다.

흑월은 이곳을 몇 번씩 지나쳤다.

하지만 상처를 입은 것은 이번이 처음이었다.

물줄기는 점점 가까워졌다.

처음에는 흑월도 작살이라고 생각했다.

그런데 이상하게 중간중간 곡선을 그리는 것을 보면 작살이 아닐 수도 있다는 생각이 들었다.

물론 중요한 것은 저 암기를 막는 것이었다.

흑월은 진기를 끌어올렸다.

스스슥.

흑월의 검에 희미하게 검기가 맺혔다.

흑월은 검으로 날아오는 암기를 쳐 냈다.

휙.

하지만 손에 감각이 느껴지지 않았다.

암기가 원을 그리며 검격의 범위를 벗어났다.

흑월의 머리 위로 솟구치던 암기가 방향을 바꿔 아래쪽으로 내려왔다.

그것이 얼굴 쪽을 지나칠 때야 흑월은 암기의 정체를 알 수 있었다.

암기의 정체를 안 흑월은 자신도 모르게 입을 벌렸다.

꾸륵.

흑월이 이렇게 놀라는 데는 이유가 있었다.

암기인 줄 알았던 물줄기는 조그만 물고기였다.

크기는 작지만 마치 늑대처럼 이빨을 드러내고 있는 물고기.

이런 물고기는 딱 한 종류밖에 없었다.

바로 혈어(血漁)라 불리는 놈이다.

혈어는 피에 환장하는 물고기라 알려져 있다.

조그만 덩치를 가졌음에도, 혈어는 다른 물고기를 잡아먹는 포식자였다.

조금의 피 냄새만 풍겨도 미친 듯이 달려들어 살점을 물어뜯는 놈들이었다.

흑월은 정신을 차리고 검을 아래쪽에 그었다.

획.

혈어가 다시 방향을 바꾸었다.

흑월의 검이 혈어가 지나가는 방향을 앞서 횡으로 지나갔다.

본래 물속에서는 사람의 동작이 느려지기 마련.

흑월은 이 점을 극복하기 위해서 예측하여 검을 쓴 것이다.

서걱.

다행히도 흑월의 검이 혈어에 적중했다.

검기가 혈어의 몸통을 지나 반 토막 난 몸통이 피를 피워내며 아래로 가라앉았다.

그때였다.

갑자기 아래쪽에서 물방울이 올라왔다.

동시에 멀리서 물줄기가 다시 나타났다.

순간 흑월의 눈이 커졌다.

새로 나타난 물줄기는 한두 개가 아니었다.

얼핏 봐도 수십 개의 물줄기가 다가오고 있었다.

그 물줄기 하나하나가 모두 혈어인 듯 보였다.

수십 마리의 혈어의 뒤에는 그보다 크기가 작은 물줄기가 빼곡히 나타났다.

흑월은 그제야 자신의 잘못을 깨달았다.

한 마리를 죽임으로써 그 피가 다른 혈어를 깨운 것이 분명했다.

쏴악.

다가오는 물줄기는 점점 빨라졌다.

흑월은 재빨리 품을 뒤졌다.

흑경을 찾기 위해서였다.

다시 흑경을 복용한다면 아마도 돌이킬 수 없는 일이 일어날 것이다.

하지만 물고기 밥이 되는 것보다는 나았다.

품을 뒤지던 흑월의 손이 떨렸다.

아무리 찾아도 흑경이 든 주머니를 찾을 수 없었다.

흑경이 든 주머니를 찾기에는 이미 늦었다.

벌써 혈어가 흑월의 몸을 감싸고 있었다.

잠시 뒤에는 자신의 몸이 뼈만 남을 것이었다.

흑월은 눈을 질끈 감았다.

한빈도 그 모습을 보고 있었다.

사실 한빈은 흑월이 무엇을 하려고 하는지 알고 있었다.

영단이 든 주머니를 찾는 것이 분명했다.

그 영단이 든 주머니는 이미 한빈의 손에 있었다.

당연한 일이었다.

아무리 손을 잡았다지만, 그것은 임시방편이었다.

언젠가는 서로의 목에 다시 검을 겨눠야 할 사람.

당연하게도 적의 힘 중 일부는 기회가 있을 때 압수하는 것이 맞았다.

한빈은 조용히 기를 모았다.

진룡파혼장의 초식이었다.

용린의 기운이 손바닥으로 몰리자 한빈은 그 기운을 좁은 통로 쪽으로 쏘아 냈다.

팡!

물속에서 거대한 폭발이 일어났다.

그 폭발에 흑월에게 달려들던 혈어가 흩어졌다.

그뿐이 아니었다.

통로를 막고 있던 벽에 넓게 구멍이 뚫렸다.

한빈은 재빨리 흑월이 있는 곳으로 헤엄쳤다.

힘을 잃고 가라앉는 흑월의 손을 잡고 주변을 둘러봤다.

주변을 둘러보던 한빈은 고개를 갸웃했다.

미친 듯이 달려들던 혈어가 갑자기 제자리로 돌아가기 시작한 것이다.

한빈은 눈을 가늘게 떴다.

자신의 기세를 보고 무서워서 돌아가는 것일까?

그렇다면 혈어를 영물이라고 불러야 할 것이었다.

하지만 혈어는 지능이 없는 단순한 포식자였다.

그런데 혈어가 흩어진다라?

분명히 다른 이유가 있을 것이다.

한빈은 흑월을 바라봤다.

이곳의 유일한 출구를 아는 흑월은 지금 정신을 잃고 있었다.

그때였다.

흑월이 힘들게 어딘가를 가리켰다.

그 방향은 오른쪽 통로였다.

순간 갑자기 묘한 소리가 들렸다.

쏴악.

동시에 몸이 아래로 떨어졌다.

한빈은 왜 혈어들이 도망갔는지를 알아챘다.

이곳의 물이 빠질 시간이 된 것이다.

한빈은 재빨리 용린검법의 초식을 펼쳤다.

'금선탈각.'

순간 한빈의 몸이 자리에서 사라졌다.

한빈의 손을 쥐고 있던 흑월의 신형도 사라졌다.

건너편 통로에 도착한 한빈은 한숨을 쉬었다.

금선탈각을 쓴 덕분에 한빈의 상의는 아래로 떨어졌다.

상의가 떨어진 자리를 보니 그곳에는 **빽빽하게 칼날이 솟아 있었다.**

만약 저곳에 떨어졌다면 꼬치 신세가 되었을 것이 분명했다.

아무리 생각해도 악랄한 함정이었다.

함정을 파손시키면 물을 빼는 수법으로 더는 전진할 수 없게 만드는 수법 같았다.

하나 악랄하다는 것은 중요한 것을 숨기고 있다는 증거이기도 했다.

일단 한숨 돌린 한빈은 주위를 둘러봤다.

통로의 특성상 선택을 잘못하면 이곳에서 멈춰야 할 수도 있었다.

물론 가만히 있어도 언젠가는 적혈맹호대가 이곳까지 올 것이라고 한빈은 믿고 있었다.

이제 선택은 두 가지다.

전진하느냐?

아니면 여기서 기다리느냐?

주변을 돌아보던 한빈은 고개를 갸웃했다.

이곳에는 벽에 삐져나와 있는 칼날이 보이지 않았기 때문이다.

그뿐이 아니었다.

앞쪽의 벽이 막혀 있었다.

그때 마침 벽에서 진흙이 흘러내렸다.

스르륵.

진흙이 흘러내리자 철문이 나타났다.

철문 위에는 알 수 없는 문양이 새겨져 있었다.

원형과 직선이 반복되는 이상한 형태의 문양이었다.

지의 구결을 사용해서 한빈은 그 형태를 살폈다.

순간 한빈은 그 형태가 무엇인지를 바로 깨달을 수 있었다.

이것은 미로를 표시해 놓은 것이었다.

더 황당한 것은 표시된 미로는 한빈이 연못에서부터 이곳까지 지나온 길이었다는 점.

문 위에 표시된 미로가 이 문을 열 열쇠라는 것은 너무도 당연했다.

한빈은 일단 출발선부터 찾기로 했다.

출발 지점은 묘하게도 가장 가운데 있었다.

미로를 펼쳐 놓고 보니 같은 자리를 빙글빙글 돌며 천천히 바깥쪽으로 나가는 것 같았다.

만약 흑월이 그 길을 몰랐다면, 이곳에 도착하기 전에 삼 도천을 건넜을 게 뻔했다.

그만큼 길은 복잡했다.

미로를 헤치고 나올 때는 몰랐는데, 문 위에 표시된 지도를 보니 어지러울 정도였다.

출구는 바깥쪽, 그 지점이 바로 한빈이 있는 자리.

한빈이 서 있는 곳은 미로가 끝나는 지점이었다.

문제는 이 문을 어떻게 열 수 있느냐 하는 방법이었다.

다시 미로를 살피던 한빈은 정중앙에서 튀어나온 부분을 발견했다.

자세히 보니 그 부분은 구슬이었다.

한빈은 조심스럽게 그 구슬을 만져 봤다.

살짝 흔들리는 구슬은 분명히 열쇠가 맞았다.

이제는 열쇠를 움직여야 할 때였다.

한빈은 구슬을 살짝 굴리기 시작했다.

구슬은 이제까지 한빈이 지나온 길을 따라 이동했다.

이제까지 지나온 길이 기관 장치의 열쇠라니!

이쯤 되니 반대쪽이 궁금해질 정도였다.

구슬이 바깥쪽 출구를 나타내는 지점에 도착했다.

순간 철문이 흔들리기 시작했다.

드르륵.

한빈은 재빨리 흑월의 목덜미를 잡았다.

이제까지 경험으로 보면 눈 깜짝할 사이에 철문이 닫힐 것이었다.

철문이 열리자 한빈은 재빨리 구걸십팔보를 펼쳐 문 안으로 들어갔다.

아니나 다를까.

뒤쪽에서 육중한 소리가 들려왔다.

쿵!

철문이 닫힌 것이다.

한빈은 그제야 흑월을 바라봤다.

충격 때문인지 흑월이 천천히 눈을 떴다.

게슴츠레 눈을 뜬 흑월이 한빈을 보고는 후다닥 뒤로 물러났다.

"지, 지금 뭐 하시는 거죠?"

"내가 왜?"

"옷은 왜 벗고 있는 거죠?"

아마도 흑월은 상의를 탈의한 한빈의 모습에 놀란 것 같았다.

한빈이 씩 웃었다.

"함정이 배가 고팠나 봐. 우리를 삼키려고 하기에 몸 대신 옷을 벗어 주고 왔지."

한빈의 말은 금선탈각에 대한 정확한 설명이었다.

흑월도 그제야 이해가 된다는 듯 고개를 끄덕였다.

그때였다.

흑월의 시선이 한빈의 가슴에 고정되었다.

그것도 잠시, 흑월이 입을 딱 벌린다.

한빈은 그 모습에 고개를 갸웃했다.

상의를 벗은 모습에 놀라 뒤로 도망가던 흑월이 아니었던가?

그런데 갑자기 자신의 상반신을 보고 있다고?

한빈은 조용히 자신의 가슴을 바라봤다.

뭐 특별한 것은 없었다.

여기저기 긁힌 수많은 상처 외에는 특이한 점은 없었다.

한빈은 다시 흑월을 바라봤다.

흑월은 아직도 정신을 차리지 못하고 있었다.

마치 오래전에 헤어진 가족이라도 만난 것 같은 표정이다.

고개를 갸웃하던 한빈은 자신의 가슴에 상처만 있는 것이 아님을 깨달았다.

흑월의 시선을 자세히 따라가 보니, 시선은 한빈의 상반신 정중앙에 꽂혀 있었다.

바로 한빈이 목에 걸고 있는 목걸이가 있는 부분이었다.

한빈은 중요한 물품은 항상 목에 걸고 다니는 버릇이 있었다.

한빈은 조용히 목걸이를 벗어 오른손에 들었다.

흑월의 시선이 바로 한빈의 오른손으로 이동했다.

한빈은 목걸이를 들고 조용히 흑월에게 걸어갔다.

"혹시 찾는 거라도 있어?"

"아, 아니에요."

흑월은 그제야 정신을 차리고 손을 마구 저었다.

마치 자신의 비밀을 들키지 않으려고 발버둥 치는 것 같았다.

그 모습에 한빈이 웃었다.

"다 들켰거든. 그냥 편히 말해 봐."

"아무것도 아니에요."

"알았어. 치료는 없던 일로 하지."

"그, 그래도 말할 수 없어요."

"내가 한두 시진만 지나면 평생 그 얼굴로 살아야 할걸."

"그 얼굴이라니요?"

"나중에 동경을 보면 알 거야."

"대체……."

흑월은 말끝을 흐렸다.

당황한 표정을 그대로 드러낸 흑월.

하지만 한빈의 손에 들린 목걸이에서 시선을 떼지는 않았다.

한빈의 손에 들린 것은 비고의 열쇠였기 때문이었다.

저 열쇠만 있으면 무림을 집어삼킬 힘을 얻을 수 있을 터.

흑월은 주먹을 불끈 쥐었다.

그것도 잠시, 흑월은 고개를 갸웃했다.

생각해 보니 이곳에 어떻게 들어온 건지 이해가 안 되었기 때문이다.

이곳에 들어오려면 문의 암호를 풀어야 했다.

그 암호를 푸는 방법은 암제의 기록을 본 자신밖에 없었다.

그런데 자신이 기절해 있는 사이에 이곳으로 들어온 것이다.

흑월은 조용히 한빈을 바라봤다.

암제의 기록은 반으로 나누어져 있었다.

그중 상반부를 가지고 있는 것은 바로 자신이었다.

저 문을 통과한 것으로 보아, 나머지 반쪽을 지닌 자는 바로 눈앞에 있는 하북팽가의 사 공자일지도 몰랐다.

당황한 흑월을 본 한빈은 피식 웃었다.

사실 한빈은 흑월의 마음에 대해서 알 수 없었다.

누구에게 증오심을 품고 있는 건지도 헷갈렸다.

동귀어진 할 각오로 덤비는 것 같으면서도 삶에 대한 애착이 제법 강했다.

한빈은 아무렇지 않게 몸을 돌렸다.

앞쪽에는 문이 두 개 있었는데, 문 위에는 각각 이름이 쓰여 있었다.

생(生)

사(死)

너무 쉬워서 함정 같다는 생각이 들었다.

한빈은 잠시 뒤쪽으로 물러나 팔짱을 끼고 문을 바라봤다.

그때 흑월이 조용히 일어나 다가왔다.

"둘 다 생문이에요."

"문구가 다르잖아. 그런데 둘 다 생문이라고?"

"둘 다 생문이 맞아요. 그보다 저도 궁금한 게 있어요."

"궁금한 게 뭐지?"

"그 비녀는 어디서 난 거죠?"

"이거? 효명 공주가 준 건데……. 뭐, 액운을 막아 주는 흔한 부적이라고 하던데, 아니야?"

"액운을 막아 주는 부적이라고요?"

"흠."

"표정을 보니 이것 때문에 놀란 것 같군. 꼭 보물 창고의 열쇠라도 본 얼굴이야."

"아."

"이게 열쇠라고?"

"저는 그런 말 안 했어요."

"표정이 바로 반응하는데 왜 거짓말을 하지?"

"그, 그건 열쇠가 아니에요."

"그럼 뭐지?"

"그러니까……."

다시 얼버무리려는 흑월을 본 한빈이 말했다.

"큰일을 벌인 사람치고는 세상 물정 모르네."

"그게 무슨 말이에요?"

"얼굴에서 다 드러나잖아. 거짓말을 한 번도 해 보지 않은 얼굴이야. 마치 황궁에서 곱게 자란 공주처럼……."

"아, 아니에요."

다시 손을 크게 젓는 흑월.

그 모습에 한빈이 말을 이었다.

"놀랍네. 진짜 신분이 공주였어? 예전에 비슷한 사람을 본 적 있는데."

"그게 무슨 말이에요?"

"황족인데 황궁을 미워하는 사람 말이야. 무림을 뒤집기 위해서 오랜 세월을 준비한 자이기도 했지."

"그, 그게 누군데요?"

"비밀이야."

"혹시 당신……."

흑월의 입술이 살짝 떨리는 것을 본 한빈이 고개를 갸웃하며 물었다.

"무슨 말을 하려고 그런 표정을 짓지?"

"암제를 아시나요?"

"당연히 알지."

"혹시 당신도 암제의 후인……."

"맞아."

한빈이 고개를 끄덕였다.

뭐 어떤 망설임도 없이 나온 답변이었다.

정확한 사실을 알아내기 위해서는 망설일 필요가 없었다.

거짓말은 안 한다는 정파의 신념 따위는 한빈에게 없었다.

물론 반 정도는 사실이었다.

후인이란 스승의 모든 것을 물려받은 자를 뜻한다.

그런데 한빈은 암제가 가진 재산을 물려받았다.

덕분에 중원에서 손꼽힐 정도의 부를 비밀리에 축적할 수 있었다.

재산을 깡그리 손에 넣었으니, 반 정도는 물려받았다고 해도 거짓은 아닐 것이다.

대충 흑월의 배경을 알았으니 이제는 믿음을 줘야 할 것 같았다.

"혹시나 해서 물어보는 건데 암제의 측근에 대해서 알고 있나? 나는 언제든 부를 수 있는 측근을 몇 알고 있는데……. 네가 아는 자를 대봐. 대답 못 한다면 나는 네 말을 믿을 수 없어."

한빈이 의심 가득한 눈초리로 흑월을 바라봤다.

누가 봐도 시험을 하는 듯한 표정이었다.

한빈이 상대에게 믿음을 주기 위해 선택한 방법이 바로 이것이었다.

증명해야 하는 쪽이 아닌 증명을 요청하는 자가 되는 것이다.

흑월의 표정이 조심스러워졌다.

"아미백선은 봤어요."

"종남흑선과 어울려 다니는 자군. 나도 아는 자니 그들에게 너에 관해 물어보면 되겠군. 일단 그 말 믿지."

당당한 한빈의 표정을 본 흑월이 갑자기 포권지례를 올렸다.

"정말 암제를 아시는군요. 다시 인사드려요."

"흠."

한빈이 탄성을 터뜨리자 흑월이 말했다.

"그리 놀라실 필요 없어요."

"갑자기 태도가 바뀌니 당연히 놀랄 수밖에 없지."

한빈이 어색하게 웃었다.

그사이에도 한빈의 머리는 맹렬하게 굴러가고 있었다.

한빈이 흑월에게 들은 것은 흑경이란 영단에 관한 이야기가 전부였다.

지금 상황을 보니 그 영단은 암제의 손에서 나온 것이 분명했다.

암제는 그런 영단을 어떻게 구한 것일까?

아무래도 전에 동굴에서 얻은 암제의 재산이 전부는 아닐 것 같다는 생각이 들었다.

한빈은 흑월을 다시 바라봤다.

기쁨을 주체 못 한 듯 흑월은 눈을 빛내고 있었다.

한빈이 재빨리 말을 이었다.

"그런데 나는 제자는 아니야. 암제로부터 물려받은 것은 있지만, 스승이라고 할 수는 없지."

"아, 저도 마찬가지예요. 뜻을 같이했을 뿐 스승이라고 하기에는 시간이 턱도 없이 부족했죠."

"그럼 이야기는 간단하겠군. 네가 얻으려고 하는 건 뭐지? 난 거기까지는 모르거든."

"무림을 뒤집어엎을 힘이에요."

"그게 뭐지?"

"그건 저도 몰라요."

"그게 뭔지도 모르는데 이런 큰일을 벌였다는 건가?"

"그 힘이 뭔지 알려져 있으면 그게 이상한 거 아닌가요? 만약 그 힘이 강호에 알려져 있다면 모두가 그걸 쟁취하기 위해 달려들었겠죠."

"음."

한빈이 턱을 어루만졌다.

전생의 기억이 떠올랐기 때문이다.

전생에서도 용린을 찾기 위해서 한바탕 소란이 벌어진 적이 있었으니, 현생에서도 충분히 가능한 이야기였다.

그런 힘이 있다면 그것을 아는 자는 철저히 숨겼을 것이다.

한빈은 표정을 수습하고 다시 말을 이었다.

"그럼 이 두 개의 문은 뭐지?"

"생이라고 쓰인 문은 밖으로 통하는 문이에요. 그리고 사라고 쓰인 문은 비고로 향하는 문이고요. 그리고 그 청룡시(靑龍匙)가 비고로 향하는 문의 열쇠고요."

"그런데 왜 문 위에 죽을 사가 쓰여 있는 거지?"

"기록에 의하면, 억지로 문을 열려 하면 생문이 없어진다고 해요. 그러니까 밖으로 통하는 문마저 막힌다는 뜻이죠."

흑월의 말에 한빈은 눈을 빛냈다.

"그러면 이 열쇠는 어떻게 쓰는 거지?"

한빈이 효명에게서 받은 청룡시를 흔들자 흑월이 활짝 웃었다.

"제 머릿속에 정확한 기록이 있으니 걱정하지 마세요."

흑월은 지금만큼은 한빈이 동지라고 믿는 것 같았다.

한빈의 마음도 다르지 않았다.

그게 문 뒤에 숨어 있는 보물을 얻는 유일한 방법이기도 하니까.

흑월이 조용히 사(死)라고 쓰여 있는 문을 바라봤다.

문을 살피던 흑월이 고개를 갸웃했다.

"저, 저기 문이 이상해요. 분명히 여기에 열쇠 구멍이 있어야 하는데……. 기록에 없는 문양이 문 전체를 가득 채우고 있어요."

"잠시만."

한빈은 조용히 문을 바라봤다.

문을 보고 나니 흑월이 당황한 이유를 알 것 같았다.

그녀의 말대로 청룡, 백호, 현무, 주작 등의 사신을 표현한 문양이 어지럽게 음각되어 있었다.

문제는 사신의 문양마다 구멍이 있다는 점이다.

이 수많은 문양 중 어떤 구멍에 청룡시를 끼워 맞춰야 하나?

물론 확률을 높이는 방법은 있었다.

"일단은 백호와 현무 그리고 주작은 제외하는 게 맞겠군."

"저도 그렇게 생각해요. 그런데 청룡만 해도 열두 개나 되는데, 어떤 구멍에 끼워 넣어야 할까요?"

"청룡시와 문 위의 용을 잘 봐."

"아무리 봐도 똑같은데요. 모든 청룡에 구멍이 뚫려 있잖아요. 신중하게 선택해야 해요. 잘못 맞추면 생문까지 닫히는 수가 있어요. 이건 기록에 나와 있는 거예요."

"걱정하지 마. 내 예감은 틀린 적이 없으니까. 이보다 더한 상황에서도 살아남았거든."

한빈이 웃었다.

그 말대로 이보다 더한 상황은 수도 없이 많았다.

흑월이 한숨을 쉬었다.

"한번 그 감을 믿어 보죠."

"후회 안 할 거야. 그런데 이게 뭐로 보여?"

한빈은 청룡시를 흑월의 눈앞에서 흔들었다.

흑월이 고개를 갸웃했다.

"비녀처럼 보이지, 무기처럼 보이지는 않는데요."

"내가 묻는 건 둘 중 하나인 것 같아서 그래."

한빈이 다시 한번 청룡시를 가리키자 흑월이 물었다.

"그게 무슨 말이에요?"

"여기 눈과 입을 잘 봐."

한빈이 청룡 중 두 개를 가리켰다.

다른 청룡들과는 달리 입과 눈에 구멍이 뚫려 있었다.

"너무 자연스럽게 뚫려 있어서 못 봤네요. 그냥 보기에도 여의주와 눈동자 같아요."

"그래, 내 생각도 똑같아. 여의주와 눈동자라……. 과연 어떤 게 맞을까?"

"내 의견이 중요한가요?"

흑월이 의심 가득한 눈으로 바라보자, 한빈이 조용히 고개를 끄덕였다.

"그래, 중요해. 이럴 때일수록 힘을 합쳐야지."

"아까는 본인의 예감이 정확하다면서요?"

"참고하려고 하니까 편하게 말해 봐."

"제가 봤을 때는 여의주 같아요. 청룡에 푸른색 눈은 잘 어울리지 않아요. 차라리 청룡비의 색으로 봐서는 여의주인 것 같아요."

"말해 줘서 고마워."

말을 마친 한빈은 한 치의 망설임도 없이 청룡비를 꽂아 넣었다.

순간 흑월의 눈이 커졌다.

"물어봐 놓고 왜 눈에……."

흑월은 말을 맺지 못했다.

한빈이 꽂아 넣은 곳은 여의주가 있을 만한 자리가 아니었다.

한빈은 아무렇지 않게 눈동자가 있던 것 같은 빈자리에 청룡비를 꽂아 넣었다.

그때였다.

갑자기 방 전체가 흔들리기 시작했다.

드르륵. 드륵.

순간 한빈이 나지막이 답했다.

"네 운이 그리 좋은 것 같지는 않아서."

"네?"

"내가 청룡비를 눈동자에 꽂아 넣은 이유 말이야."

"제가 왜 운이 좋지 않다는 거죠?"

"나를 만난 걸 보면 운이 좋은 편은 아니잖아. 그러니 당연히 반대로 걸어야지. 준비해."

"흠, 그건 말이 되네요."

"이제 시작이군."

한빈의 말이 끝나자 문이 움직였다.

그런데 문의 움직임이 다소 묘했다.

문 전체가 위에서 아래로 움직이기 시작한 것이다.

아래로 움직이며 사람 하나 통과할 정도의 구멍이 나왔다.

하지만 그 구멍을 통해서 반대쪽으로 건너갈 수는 없었다.

문이 다시 아래로 움직이면서 구멍이 막혔기 때문이다.

그게 마지막이 아니었다.

다시 구멍이 나타났다.

문이 막혔다 열리기를 계속 반복하고 있었다.

순간 한빈은 눈을 가늘게 떴다.

이 기관은 눈에 익은 장치였다.

이런 비슷한 기관을 어디선가 마주한 적이 있었다.

어디더라?

순간 한빈의 눈이 커졌다.

분명 이와 비슷한 기관을 화산파에서 마주했었다.

화산파에서 자신의 비고를 지키기 위해서 만들어 놓았던

기관 장치.

당시는 몸을 숨기기 위해 장치의 도움을 받았었다.

그 당시 듣기로는 도교의 후인들만 아는 특별한 기관이라고 했다.

암제의 유산과 도교가 무슨 관계가 있을까?

문에 각인된 모양은 황실의 것이 분명한데, 핵심에는 도교의 흔적이 남아 있다는 점이 이상했다.

어쨌든 이곳의 원리는 모두 파악했다.

아마 문의 옆에는 커다란 원형 철판이 바람개비처럼 돌고 있을 것이다.

지금 보고 있는 것은 원형의 일부분.

원형 철판에는 동서남북으로 네 개의 구멍이 뚫려 있고 말이다.

원이 회전하기 때문에 그 구멍이 보였다 막히기를 반복하는 것이 확실했다.

방 안을 보니 넓은 통로가 스무 걸음 정도 펼쳐져 있고 그 반대쪽에 벽이 있었다.

벽까지 가는 통로는 함정이 분명했다.

통로나 벽은 제법 흰했다.

야명주가 군데군데 박혀 있어서 사물을 알아보는 데는 문제가 없었다.

한빈은 나중에 여기 있는 야명주도 모두 수거하기로 했다.

돈이 되는 건 싹 다 긁어 가는 것이 바로 한빈의 원칙이었다.

천하제일 부자라고 해도 과언이 아닌 한빈이 이렇게 욕심을 내는 이유는 한 가지였다.

바로 적의 전력에 도움이 될 만한 물건을 남겨 두기 싫어서다.

군대가 지나간 자리를 쑥대밭으로 만들어 적의 보급로를 차단하는 원리와 같은 것이다.

만약 이것을 한빈이 차지하지 않는다면 누군가의 손에 검과 방패로 돌아갈 수도 있으니까.

한빈은 문에 집중했다.

지금 확인하려는 것은 구멍 위의 문자였다.

구멍은 총 네 개.

구멍의 위쪽을 보니 얼핏 글자가 적혀 있었다.

사(死)…….

한빈이 글자를 확인하고 있을 때였다.

흑월이 구멍 안으로 뛰어들려고 보법을 펼쳤다.

그 모습에 한빈이 재빨리 그녀를 낚아챘다.

"기다려!"

"왜 잡아요? 문이 열렸잖아요."

"마지막까지 나를 안내하려면 적어도 목숨은 붙어 있어야 할 거 아니야?"

"문이 열렸으면 빨리 통과하는 게 기관을 통과하는 기본 아닌가요?"

"물론 그게 기본이지. 그런데 정확히 기관의 핵심을 파악하지 못하면 그냥 골로 가는 거지."

한빈이 목을 긋는 시늉을 하자 흑월이 고개를 갸웃했다.

"다 파훼된 것 같은데요."

"한번 시험해 보고 가자고."

말을 마친 한빈은 바닥에서 돌멩이 하나를 주웠다.

그러고는 동그란 원이 앞을 지나갈 때 그 돌을 던졌다.

휙!

그 돌은 아무렇지 않게 구멍을 통과했다.

그 모습에 흑월이 피식 웃으며 그곳을 가리켰다.

"아무렇지 않게 통과……."

흑월은 말을 맺지 못했다.

문 쪽에서 생각도 못 할 압력이 밀려왔기 때문이다.

팡!

구멍으로 흘러나온 바람과 함께 굉음이 울려 퍼졌다.

쾅!

순간 방 안쪽이 어두워졌다.

그것도 잠시, 방 안쪽이 점점 환해졌다.

천장에서 내려왔다가 바닥을 누른 문이 다시 올라갔기 때문이다.

환해진 방 안에는 돌멩이가 가루가 되어 흩어져 있었다.

순간 흑월의 입에서 가느다란 한숨이 흘러나왔다.

"휴."

"어때?"

"덕분에 살았네요."

"잠시만 기다려."

"왜요?"

"이제는 사람을 넣어 봐야 할 것 같아서."

"사람이라니요?"

"돌멩이하고 사람하고 무게가 다르잖아."

"그건 그렇죠. 그런데 어떻게 사람을 넣어……."

흑월은 말을 맺지 못했다.

한빈이 그녀의 마혈을 찍었기 때문이다.

점혈을 당한 흑월은 석상이 되어 버렸다.

물론 아혈은 막히지 않았기에 말을 할 수 있는 상태이긴

했다.

한빈이 나지막이 말했다.

"그렇게 심각하게 생각하지 마. 내가 보기에는 아주 **빠른**
속도로 이곳을 지나가야 할 것 같아."

"그, 그런데 왜 점혈을?"

"움직이면 속도가 느려지니까."

"그게 무슨……."

"잘 봐. 저기 보면 위쪽에 생과 사가 번갈아 보이지? 생에 맞춰서 눈 깜짝할 사이에 구멍을 통과해야 하거든."

"안 보여요."

"일단 그냥 가자고."

말을 마친 한빈이 재빨리 흑월을 안쪽으로 던졌다.

'백발백중.'

그냥 던진 것이 아니라 용린검법의 초식을 이용했다.

흑월이 눈 깜짝할 사이에 구멍을 지나쳤다.

흑월은 지금 이게 무슨 상황인지 알 수 없었다.

사실 그녀는 구멍 위의 생과 사라는 글자도 읽을 수 없었다.

일단 이상이 없는 것을 보니 다행히 생문으로 잘 통과한 것 같았다.

막 안도의 숨을 내쉬려 할 때였다.

흑월의 눈이 한계까지 커졌다.

자신의 몸이 점점 반대쪽 벽과 가까워지는 것을 알았기 때문이다.

이 속도를 고려한다면, 벽에 부딪힐 시 목이 꺾이거나 머리가 터져 나갈 수밖에 없는 상황이었다.

그녀는 진기를 모았다.

하지만 소용없었다.

마혈을 제압당한 상태이기 때문이다.

그때였다.

뒤쪽에서 파공성이 들려왔다.

팡!

그 소리에 흑월은 모든 것을 포기했다.

이건 천장이 떨어지는 소리가 분명했기 때문이다.

위쪽에는 천장.

앞쪽에는 벽.

꼼짝없이 죽은 목숨이었다.

흑월은 자신도 모르게 눈을 질끈 감았다.

순간 흑월은 고개를 갸웃했다.

벽이 생각보다 푹신했기 때문이다.

눈을 떠 보니 야명주 불빛 아래 한빈이 웃고 있었다.

"언제까지 누워 있을 거야?"

"네?"

"일어나라고."

"일단 점혈을 풀어야……."

"벌써 풀었어. 그러니 일어나."

한빈이 손가락을 까닥이자 흑월이 그제야 자리에서 일어났다.

"언제 점혈을 푼 거죠?"

"이쪽으로 건너오면서. 그러니 네가 살아 있겠지. 그리고 네 말이 맞았어."

"그게 무슨 말이에요?"

"생문을 열려면 여의주에 청룡시를 꽂는 것이 맞았던 것 같아."

"자, 잠시만요. 우린 이렇게 넘어왔잖아요."

"아까 거기에 생문이 없었어. 모든 구멍 위에 '사'라는 표시만 있더라고."

이 말은 사실이었다.

구멍은 모두 죽음을 의미하는 사만 적혀 있었다.

즉, 어떤 구멍으로 들어가도 죽는다는 말이었다.

이때 통과하는 방법은 단 한 가지였다.

통로에 절대 몸이 닿지 않아야 가능했다.

벽이나 바닥 모두 말이다.

하지만 문제는 통로가 스무 걸음이 넘는다는 점이다.

그때 흑월이 눈을 동그랗게 떴다.

"그, 그런데 넘어왔다고요?"

"청룡시를 잘못 넣으면 밖으로 나가는 생문도 막힌다면서? 그러니 유일한 통로는 사문을 넘어오는 방법밖에는 없었어."

"그렇다고 날 사문에 던져 넣어요?"

"그게 유일한 방법이니까. 바닥을 밟거나 벽을 짚으면 천장이 떨어져서 어포가 될 테니 유일한 방법은 허공을 나는 방법밖에 없었어."

"그래서 나를 던졌다고요?"

"어쨌든 나도 따라 들어왔잖아."

"당신이 들어오다가 깔렸으면요?"

"그야 너도 죽는 거지. 나 혼자만 죽을 수는 없잖아."

한빈이 피식 웃자 흑월은 길게 한숨을 내쉬었다.

"휴, 솔직히 말해요. 의원 아니죠?"

"마음대로 생각해. 여기까지 왔는데 내가 의원이 아니어도 어쩌겠어?"

한빈은 씩 웃으며 고개를 돌렸다.

그러고는 어딘가를 가리켰다.

"이곳은 외길이군."

"여기서부터는 저도 몰라요. 기록에 나와 있지 않으니까요."

흑월의 대답에도 한빈은 아무렇지 않게 걸어갔다.

* * *

통로를 통과해서 마지막 방까지 오는 데는 정확히 반 시진이 걸렸다.

별다른 함정은 없었지만, 통로가 꽤 길었다.

대체 이 공간은 누가 만들었는지 신기하기만 했다.

한빈은 방 앞에서 잠시 현판을 확인했다.

현판에는 큼직한 글자가 시원한 필체로 음각되어 있었다.

검선지묘(劍仙之墓)

한빈은 의미심장한 눈으로 현판을 바라봤다.

검선이라면 떠오르는 자는 딱 한 명밖에 없으니까.

검선이라?

검선이란 이름에서 떠오르는 이름은 바로 팔선(八仙) 중 하나인 여동빈이었다.

여동빈은 도가의 진전을 이어받은 문파라면 집에 그의 족자 하나 정도는 걸려 있을 정도로 전설 속의 인물이다.

그때였다.

흑월이 떨리는 목소리로 말했다.

"그런데 검선이란 이름이 왜 여기에?"

"왜 그래?"

"여기는 암제가 남긴 장소고, 검선이면 팔선 중 하나잖아요. 팔선 중 하나의 무덤이면 도가의 성지라고 할 수 있는데, 암제가 여길 알려 줄 리 없어요."

"그게 이상한가? 팔선 중 여동빈의 깨달음이 남아 있다면 말 그대로 보물이 맞지?"

"암제는 이곳에 중원을 무너뜨릴 정도의 힘이 있다고 했어요."

"암제도 이곳에 뭐가 있는지는 몰랐던 것 같은데."

"그게 무슨 말이에요?"

"암제도 이곳을 열진 못했잖아."

"그러고 보니……."

흑월의 눈빛이 떨렸다.

생각해 보니 뭔가 말이 되지 않았다.

그 모습에 한빈이 말을 이었다.

"이제야 깨달은 것 같네."

"혹시 내가 속은 거라는……."

"잘 생각해 봐. 이곳을 열 수 있는 것은 현비 마마가 가지고 있는 청룡시밖에 없어. 그리고 암제는 네가 청룡시를 얻게 된다면 중원을 무너뜨릴 힘을 얻을 수 있다고 했겠지?"

"하지만 굳이 나를 이용하지 않아도……."

"그건 네가 너무 세상을 잘 모르는 거야. 무슨 일이 있었는지는 모르겠지만, 암제는 정체를 드러내기 싫었겠지. 생각해 봐. 그 힘을 얻었다고 쳐. 이런 일을 벌인 네가 무사할 것 같아?"

"그 힘만 있다면 누구도 내가……."

"그렇게 생각할 때 그 힘은 다른 이에게 넘어가 있겠지. 불안정한 흑경이란 물건을 줬을 때부터 알아봤어야 정상인 것 같은데, 안 그래?"

말을 마친 한빈은 아무렇지 않게 마지막 방의 문을 열었다.

덜컹.

흑월은 잠시 멍한 눈빛으로 멀어져 가는 한빈을 바라봤다.

모든 게 한빈의 말대로였다.

흑월은 이곳에 중원을 집어삼킬 힘이 있다고 생각했다.

암제가 그 힘이 무엇인지를 알고 있다면 왜 이곳을 자신에게 알려 줬겠는가?

아마도 흑월은 복수라는 단어에 눈이 멀어서 암제의 의도를 제대로 파악하지 못한 것 같았다.

흑월은 재빨리 고개를 흔들었다.

지금은 그럴 때가 아니었다.

빨리 상대를 쫓아가는 것이 맞았다.

몸을 정상으로 돌려놔야 언젠가 복수할 기회도 얻을 수 있으니까.

문을 열고 들어간 한빈은 주변을 둘러봤다.

도가의 팔선 중 하나인 여동빈의 무덤이라는 것을 안 순간 그리 큰 기대는 하지 않았다.

도가의 신선이 여기에 금은보화를 남겨 놨을 리는 없으니까.

그런데 아무리 봐도 방이 너무 단출했다.

그 흔한 향로조차 없었다.

무공 비급이라도 적혀 있지 않을까 해서 벽을 봤지만, 휑한 기운만 맴돌 뿐이었다.

오로지 중앙에 있는 관 하나만이 눈에 띌 뿐이었다.

한빈은 조용히 중앙에 있는 관으로 걸어갔다.

석관의 뚜껑을 만지던 한빈은 조용히 뒤를 돌아봤다.

그곳에는 멍한 눈빛을 한 흑월이 있었다.

아무래도 충격이 컸던 것 같았다.

등잔 밑이 어둡다는 강호 속담이 있다.

정작 자기 발아래 있는 진실은 못 보게 되는 법.

한빈은 흑월이 우매하다고 생각하지는 않았다.

물론 이곳에서 나가더라도 그 우매함에 대한 죗값은 치러야 할 것이었다.

한빈에게 저지른 죗값은 이미 치렀으나, 황실과의 관계가 남아 있을 터.

과연 살아남을 수 있을까?

한빈은 고개를 저었다.

자신이 고민할 부분이 아니었다.

한빈은 다시 관을 살폈다.

관을 살피던 한빈은 위쪽의 글자 몇 개를 발견했다.

도가지례(道家之禮)

그것은 도가의 예법을 일컫는 말이었다.

한빈은 조용히 주변을 둘러봤다.

아무리 생각해도 이 관을 그냥 열면 안 될 것 같았다.

한빈은 조용히 손짓했다.

"나 좀 도와줘."

"무슨 일이죠?"

"이곳에 검선의 안배가 들어 있는 것 같아."

"그럼 그 힘이 저기에……."

"뭐, 그럴 수도 있지."

한빈이 관을 가리키자 흑월이 관 뚜껑을 잡았다.

그 모습에 한빈이 재빨리 흑월의 손을 잡았다.

"먼저 절차부터 지키자고."

"절차라니요?"

"아까 들어오면서 봤잖아. 뭐라고 쓰여 있었지?"

"검선의 묘라고 적혀 있었잖아요."

"그럼 어떻게 해야 하지?"

"어떻게 하다니요?"

"최소한의 예의는 있어야 하지 않나?"

"예의라니, 그게 무슨 말이죠?"

"일단 저쪽으로 가 있어 봐, 흑월."

한빈이 가리킨 곳은 관에서 두 걸음 떨어진 바닥이었다.

그 바닥에는 돌로 된 방석이 깔려 있었다.

"알았어요. 여기에 앉아 있으면 된다는 거죠?"

"아니, 그 뒤에!"

"방석은 여기에 있는데요?"

"그 방석은 앉는 방석이 아니야."

"그게 무슨 말이에요?"

"그건 머리를 보호하기 위한 방석이야."

"자, 잠시만요. 돌로 된 방석이 머리를 보호하기 위한 거라고요?"

"도가의 예법을 알고 있나? 도가에서는 제자가 스승을 처음 모실 때, 삼천 배의 예를 올리지. 마음을 다해 절을 올리다 보면 머리가 바닥에 닿기 마련……. 머리를 보호하기 위한 방석이야."

"그게 도가의 예법이라고요?"

"일단 저곳으로 가서 그만하라고 할 때까지 절을 하고 있어. 살고 싶으면! 참, 부탁이 아니라 명령이야."

한빈의 말에 흑월은 조용히 자리로 갔다.

그러고는 절을 시작했다.

흑월은 이런 예법을 지키는 것이 처음이었다.

삼천 번의 절을 하라고?

황실의 어른을 제외하고 누군가에게 고개를 숙여 본 적이 있던가?

흑월의 절은 상당히 어설펐다.

덕분에 돌로 만든 방석에 계속해서 머리를 찧었다.

쿵. 쿵.

소리만 들어서는 이보다 더 정성스러울 수가 없었다.

한빈은 조심스럽게 관을 살폈다.

대충 오백 번 정도 절을 한 것 같은데 아직 변화는 없었다.

그때였다.

관에서 바람이 살짝 나왔다.

방향은 위쪽이 아닌 한빈이 서 있는 측면이었다.

한빈은 재빨리 뒤쪽으로 한 걸음 물러섰다.

순간 석관의 측면이 열렸다.

텅.

석관의 내부에는 야명주가 박혀 있어 안이 훤하게 들여다

보였다.

"흠."

한빈은 턱을 괴고 안쪽을 관찰했다.

안쪽에는 조그만 호리병 하나와 서책이 있었다.

벌써 한빈의 옆에 도착한 흑월이 눈을 빛냈다.

"저게 중원을 삼킬 힘이라는 건가요?"

"그건 모르지."

한빈이 고개를 흔들자 흑월은 천천히 손을 뻗었다.

그때 한빈이 흑월을 다시 잡았다.

"찬물도 위아래가 있는 법이지."

말을 마친 한빈이 흑월을 못 본 척 손을 뻗었다.

'전광석화!'

눈 깜짝할 사이에 호리병과 서책을 꺼낸 순간.

탁!

석관의 위쪽이 아래로 내려왔다.

석관이 덜컹하며 흔들릴 정도의 충격.

순간 흑월의 눈이 커졌다.

"구해 주셔서 감사해요."

이건 흑월의 진심이었다.

만약에 저곳에 손을 넣었다면 돌 사이에 팔 전체가 끼어서 눌린 가래떡이 되었을 터였다.

그것도 잠시, 흑월이 고개를 갸웃하며 물었다.

"함정인 줄 어떻게 알았죠?"

"그야 당연하지. 도가의 제자라면 사부의 유품을 둘 다 빼 내지는 않았을 테니까."

"혹시 당신은 도가의 사람인가요?"

"왜 그렇게 생각하지?"

"왠지……. 아니에요."

흑월은 고개를 휘휘 저었다.

아무리 생각해도 상대가 도가의 사람일 리 없었다.

도를 공부하는 사람이라면 저렇게 이익에 밝을 리가 없었기 때문이다.

잘 생각해 보면 자신을 구하기 위해서 손을 뻗은 것이 아닐지 모른다.

만약에 정상적으로 물건을 가져왔다면 서책 혹은 호리병 둘 중 하나만 얻을 수 있었을 것이다.

그런데 빠른 손놀림으로 검선의 안배를 두 개 다 얻을 수 있었다.

그래도 자신을 구한 것은 사실.

흑월은 조용히 한빈을 향해 포권했다.

고개 숙인 흑월의 모습에도 한빈은 아무렇지 않게 서책을 확인하고 있었다.

휘릭.

서책을 넘긴 한빈은 눈을 크게 떴다.

검선으로부터 물려받은 안배를 여기에 남기니…….

한빈이 놀란 것은 바로 책장 안쪽에 찍혀 있는 낙인 때문이었다.

하나 자세히 보면 낙인이 아니라는 것을 알 수 있었다.

보통의 낙인보다는 큰 형태의 도장이었다.

그런데 그 모양이 눈에 많이 익었다.

어디선가 본 듯한 문양.

황제의 명에 찍혀 있던 바로 그 도장이었다.

즉 그 도장은 옥새(玉璽)라는 말이었다.

옥새의 아래는 자명이라는 이름이 적혀 있었다.

자명이라면 이백 년도 더 된 황제.

한빈은 시선을 돌려서 방을 둘러봤다.

순간 여기까지의 모든 기억이 주르륵 떠올랐다.

생각해 보면 한 문파가 만들 수 있는 기관 장치가 아니었다.

구파일방이 다 힘을 합쳐도 이런 곳을 만들 수는 없는 법이었다.

한빈은 다시 책장을 넘겼다.

모든 무림인이 힘을 합쳐 나라를 도왔으니…….

다음 장에는 더 놀라운 일이 쓰여 있었다.

모든 무림인이 힘을 모아 이곳을 만들었다는 것이다.

떠올려 보니 여기저기 구파일방의 흔적이 남아 있는 것은 사실이었다.

책에서는 안배를 후인에게 물려주기 위해서 벌인 구파일방과 황실의 노력이 적혀 있었다.

한빈은 계속해서 책장을 넘겼다.

보면 볼수록 이해가 안 되는 내용이 가득했다.

여기까지의 이야기는 생각보다 간단했다.

중원을 짓밟을 세력이 언젠가는 나타나니, 그때를 대비해서 검선의 안배를 후세에 전한다는 내용이었다.

황제와 구파일방의 인정을 받은 자만이 이곳에 들어올 수 있다고 했다.

그리고 바로 이곳에서 안배를 손에 넣은 자가 바로 그 안배를 받을 자라고 밝혔다.

한빈은 암제가 왜 이곳에 중원을 집어삼킬 힘이 있다고 했는지 알 수 있었다.

중원을 짓밟을 자와 맞서 싸울 힘이라면?

반대로 그 힘으로 중원을 짓밟을 수도 있었다.

그것을 위해서 여러 가지 검증 절차를 만들었다고 책에서 밝히고 있었다.

한빈이 가장 이해가 안 되는 것이 바로 이 점이었다.

자신이 중원을 구할 자라니?

사실 한빈은 무림이 어찌 되든 관심 없었다.

뒤통수만 간지럽지 않으면 그것으로 충분했다.

한빈은 다시 책장을 넘겼다.

그 안배가 무엇인지 적혀 있었다.

불로불사의 약을 구하기 위해 해동성국으로 간 검선이 화룡(火龍)을 마주하고 사흘 밤낮을 싸웠다. 그리고…….

검선은 동쪽에서 용을 만났고, 두 개의 비늘과 하나의 발톱을 얻었다고 했다.

두 개의 비늘을 숨긴 위치는 지도에 표시해 뒀다고 한다.

그리고 마지막으로 발톱은 후대 황제에게 전한다고 했다.

그 세 가지 물건이 온전히 합쳐지면 중원을 지킬 힘을 얻게 된다고 쓰여 있었다.

가장 마지막에는 이렇게 쓰여 있었다.

······그대만 믿는다.

한빈이 고개를 갸웃했다.

아무리 생각해도 검선이 남긴 비늘 중 하나가 전생에 자신이 취한 용린이라는 의심이 들었기 때문이다.

그 증거로 지도에 찍힌 지점 중 하나가 가리키는 곳이 한빈이 용린을 얻었던 장소였다.

안배를 받을 자가 이곳에 온 것이 아니라, 안배 중 하나를 취한 자가 이곳에 왔다는 말이었다.

그것도 시간을 거슬러서 말이다.

한빈은 조용히 서책을 품속에 집어넣고 호리병을 들었다.

호리병을 연 한빈은 일단 손에다가 내용물을 털어 보았다.

"어, 이게 뭐지?"

호리병에서 나온 것은 좁쌀 몇 알이었다.

그것도 핏빛이 감도는 붉은색 좁쌀이었다.

한빈은 아무렇지 않게 가부좌를 튼 채 붉은색 좁쌀을 입에 털어 넣었다.

무려 검선의 안배였다.

그냥 좁쌀일 리가 없지 않은가?

붉은색 좁쌀을 집어삼킨 한빈은 눈을 크게 떴다.

갑자기 단전이 들끓기 시작했기 때문이다.

만약에 단전을 열어 볼 수 있다면 안쪽에 용암이 들끓고 있을 것이 분명했다.

그 정도로 단전이 뜨겁게 달아올랐다.

단전이 주전자라면 좁쌀의 기운은 용광로.

지금 단전 안의 내기는 주전자 속 끓는 물과 같았다.

끓는 물은 자연스럽게 김이 되어서 빠져나오기 마련.

단전에서 빠져나온 그 김은 한빈의 몸 곳곳을 누비고 있었다.

수십 개의 글자가 한빈의 눈앞에 나타났다.

이것은 분명히 환영이었다.

그렇지 않다면 눈을 감고 있는데 글자가 보일 리가 없지 않은가?

그 글자들이 동시에 한빈의 몸속으로 빨려 들어왔다.

한빈은 조용히 몸속을 휘젓는 기운에 집중했다.

기운은 이상하게도 길을 따라 움직이는 것만 같았다.

마치 특정 심법을 이용한 것처럼 말이다.

스르륵.

길을 찾아가는 기운은 너무 자연스러웠다.

마치 집 나온 이무기가 다시 돌아가는 듯했다.

그 기운은 한 치의 망설임도 없이 혈맥을 비집고 다녔다.

처음에는 작았던 기운이, 한빈의 몸에 흩어진 용린의 기운을 모으기 시작했다.

한빈은 자신도 모르게 낮은 신음을 토해 냈다.

"음."

처음에는 몰랐는데 크기를 키운 기운은 한빈의 혈맥이 감당하기에는 너무 컸다.

조금 과장한다면 생쥐가 들어갈 수 있는 구멍에 황소가 머리를 집어넣는 꼴이었다.

조그만 구멍에 황소가 머리를 집어넣으면 어떻게 될까?

결과는 안 봐도 훤했다.

황소의 머리뿐 아니라 구멍도 갈기갈기 찢어질 것이다.

지금 받아들이기에는 시기상조.

기연이 아니라 악운으로 보는 것이 맞았다.

한빈은 재빨리 단전을 진정시키기 위해 용린의 기운을 통제하기 시작했다.

물론 통제가 안 되는 기운도 있기는 했다.

한빈은 마구 날뛰려는 기운을 용린의 기운으로 감쌌다.

솜뭉치를 주머니에 꾹꾹 눌러 담고 끈을 묶는 것처럼 온 힘을 다해 기운을 누르기 시작했다.

서서히 한빈과 융화되기 시작한 새로운 기운.

한빈을 바라보던 흑월은 눈을 크게 떴다.

무아지경 속의 깨달음은 이야기로는 들어 봤다.

그런데 이렇게 두 눈으로 보기는 처음이었다.

흑월은 자신도 모르게 검을 뽑았다.

스릉.

한빈을 해하기 위해서는 아니었다.

자신도 모르게 호법을 서야 한다는 생각이 들어서였다.

흑월은 검을 뽑고 주변을 경계했다.

여기까지 들어올 침입자는 없겠지만, 일단 이렇게 경계하고 있는 것이 안전하다는 생각이 들었다.

차 한 잔 마실 시간 동안 흑월은 눈도 깜빡이지 않고 주변을 계속 주시했다.

그런데 어느 순간부터 등이 따끔거렸다.

고개를 돌려 보니 한빈의 몸에서 이상한 기운이 흘러나오고 있었다.

푸른 기운이 입으로 나오더니 온몸을 감싸고, 그렇게 한 바퀴 돈 기운이 다시 코를 통해 흘러 들어갔다.

아마도 저것이 삼화취정 혹은 오기조원이라 불리는 경지일 터.

저 성취를 보면 분명히 도가의 사람이 맞았다.

그런데 암제와 어찌 연관이 있을까?

흑월은 한빈이 암제와 싸웠다고는 상상도 하지 못했다.

그저 둘의 연관성을 추리할 뿐이었다.

혹시 황실의 사람?

흑월의 추리는 황실에까지 이어졌다.

그도 그럴 것이, 청룡시를 효명에게 받은 것을 보면 분명히 황실과 연관이 있을 것이다.

그러니 강유찬의 흔적을 따라 여기까지 왔을 것이고.

흑월은 이제 이곳에서 빠져나간 후를 생각해야 했다.

여유가 생기자 한빈이 아군이 아닐 때를 대비하게 된 것이다.

그때였다.

한빈에게서 빛이 흘러나왔다.

서서히 벗겨지는 피부.

이건 분명히 환골탈태라고 불리는 과정이었다.

"내가 환골탈태를 두 눈으로 목격하게 되다니!"

이건 진심이었다.

매미가 허물을 벗는 모습도 구경하기 힘들다.

그런데 무인이 환골탈태하는 광경이라!

환골탈태의 경지까지 이른 무인이 과연 강호에 몇이나 될까?

환골탈태라는 말을 쓰긴 쓰지만, 진짜로 저렇게 허물을 벗 듯이 변화하는 건 불가능한 일었다.

환골탈태라고 해도 기껏해야 혈맥이 튼튼해지고 분위기가 바뀌는 것이 전부다.

넋 놓고 한빈을 바라보던 흑월의 눈이 커졌다.

비집고 나온 푸른빛이 흘러내리기 시작했다.

흘러내린 푸른빛은 관의 가장자리를 타고 흘러 들어갔다.

마치 검선의 관과 한빈이 몸에 푸른색 끈으로 이어진 것만 같았다.

그뿐이 아니었다.

신기하게도 한빈의 몸 주변에 일렁이는 기운들이 나타났 다.

그 기운들은 마치 글자 같았다.

"속(速), 체(體), 공(功)……."

흑월의 눈에도 이건 글자였다.

"대체……."

흑월은 황당한 광경에 연달아 혼잣말을 뱉었다.

이쯤 되자 흑월은 한빈의 정체에 대해서 상상할 수조차 없 었다.

황궁을 나온 흑월을 가장 놀라게 했던 자는 암제였다.

그래서 암제를 믿고 같이 무림을 손에 넣기로 한 것이었 다.

그런데 한빈의 모습은 암제와는 비교도 되지 않을 정도로 신비로웠다.

흑월은 몇 번이고 눈을 비볐다.

하지만 그럴수록 글자들은 또렷하게 보였다.

흑월이 한빈의 모습을 보고 놀라고 있을 때였다.

갑자기 어디선가 돌 깨지는 소리가 들려왔다.

찌직.

고개를 돌려 보니 벽이 갈라지고 있었다.

찌직.

이것은 우연이 아니었다.

마치 이 공간이 수명을 다했다는 듯 숨을 몰아쉬고 있는 것이 분명했다.

그때였다.

머리 위에 돌가루가 떨어져 내렸다.

투둑.

순간 흑월은 재빨리 고개를 돌렸다.

이곳이 검선의 안배로 만들어진 것이라는 데에는 동의한다.

하지만 가만히 있다가는 삼도천을 건널 것이 뻔했다.

흑월은 재빨리 들어왔던 입구를 향해 달려갔다.

이곳과 생문이 있는 중간에는 함정이 없었다.

유일한 함정도 그들이 이곳으로 들어온 순간 해제되었다.

그러니 생문까지만 나가면 이곳을 탈출할 수 있을 터.

방을 나서려던 흑월은 고개를 돌렸다.

방 안에 남아 있는 한빈 때문이었다.

흑월이 움찔하다가 한빈과 눈이 마주쳤다.

환골탈태를 끝마친 한빈이 눈을 뜬 것이다.

흑월은 한빈에게 손짓했다.

"일단 나가요."

하지만 한빈은 빙긋 미소를 지으며 손짓했다.

아무래도 먼저 나가라는 소리 같았다.

흑월은 이를 악물고 그 방을 벗어나기 시작했다.

그 방을 벗어나자 뒤쪽에서 굉음이 울려 퍼졌다.

쿠앙!

뒤를 이어서 계속 소리가 이어졌다.

쾅.

마치 망치 소리가 귓전을 때리는 듯했다.

점점 가까워지는 굉음에 흑월의 발도 빨라졌다.

파바박.

다시 갈림길로 돌아온 흑월은 바로 생문을 열었다.

그러고는 밖을 향해 달려 나가기 시작했다.

흑월은 숨도 쉬지 않고 재빨리 끝없이 이어진 통로를 헤쳐
나갔다.

흑월이 막 밖으로 나왔을 때였다.

뒤쪽에서 폭음이 울려 퍼졌다.

꾸아앙!

순간 흑월은 몸을 던졌다.

휙.

하지만 안타깝게도 몇 걸음 차이로 발을 빼지 못했다.

입구 쪽이 먼저 무너져 내려서 통로에 갇힌 것이다.

흑월은 어둠 속에서 눈을 깜빡였다.

아무리 시간이 지나도 한 치 앞도 보이지 않은 어둠은 변화가 없었다.

흑월은 시간을 가늠하기 위해서 숫자를 세기 시작했다.

그것도 잠시, 하루 정도가 지나자 흑월은 그마저도 포기했다.

힘이 다 떨어졌기 때문이다.

순간 여러 가지 생각이 들었다.

"이런 돌덩이 하나 치우지 못하는 힘으로 무림을……."

흑월은 말을 잇지 못했다.

순간 한빈이 마지막으로 한 말이 생각났다.

아마도 그걸 믿느냐는 말일 것이다.

갑자기 황궁에서 있었던 모든 일이 누군가의 음모일 수 있다는 생각이 들었다.

그게 흑월의 마지막이었다.

흑월의 의식은 점점 희미해졌다.

흑월은 코끝을 간지럽히는 차가운 바람 때문에 눈을 떴
다.

　마지막으로 맡았던 것은 퀴퀴한 먼지 냄새뿐이었는데 신
선한 바람이 느껴진다니?

　아마도 저승에 온 것이 분명했다.

　흑월은 조용히 눈을 떴다.

　순간 흑월의 눈이 커졌다.

　여인의 얼굴이 보였기 때문이다.

　그런데 저승사자의 얼굴치고는 너무 순수해 보였다.

　그 순수한 얼굴은 왜인지 많이 낯익었다.

　잘 생각해 보니 상대는 효명이었다.

　흑월은 효명도 폭사했다고 생각했다.

　어찌 보면 당연한 생각이었다.

　진천뢰가 터질 때 죽었을 수도 있었고, 통로가 무너지면서
산사태가 났을 수도 있었다.

　흑월은 자신도 모르게 작은 목소리로 말했다.

　"미안하다."

　"괜찮아요. 그런데 진짜 진명 언니 맞아요?"

　"진명이라……. 오랜만에 들어 보는구나."

　흑월이 말하자 효명이 벌떡 일어나 어딘가에 손짓했다.

"어마마마, 이 사람이 진명 언니라고 해요. 이리 와 보세요."

어딘가로 손짓하는 효명의 모습에 흑월이 미간을 좁혔다.

아무래도 현비도 이 세상 사람이 아닌 것 같았다.

무림을 말살시키기는커녕 애먼 사람들만 저세상으로 보낸 것 같아서 안타까웠다.

그때 현비가 모습을 드러냈다.

흑월을 본 현비는 살짝 미소를 보였다.

그런데 자세히 보니 현비의 눈가에 눈물 자국이 있었다.

"오랜만이구나."

"흠, 예전 그 모습 그대로네요. 저승에서도 아름다우세요."

빈말은 아니었다.

현비는 흑월이 궁궐을 나올 때의 모습과 똑같았다.

어찌 보면 그때보다 더 젊어진 것처럼 보였다.

아무래도 이곳이 저승이라서 그런 듯 보였다.

그때 현비가 고개를 갸웃하며 말했다.

"그게 무슨 말이더냐? 햇살이 이렇게나 밝은데 저승이라니……."

"여기 저승 맞잖아요."

"……"

현비가 다급하게 일어나 어딘가를 바라봤다.

당황한 현비는 그쪽을 향해 손짓했다.

현비의 신호를 받자 누군가가 바람처럼 나타났다.

흑월의 귓가에 낙엽 밟는 소리가 들렸다.

사사 삭.

순간 어디선가 많이 본 듯한 얼굴이 흑월의 앞에 나타났다.

"거기서 뭐 해? 정신 차렸으면 빨리 일어나."

"피곤할 텐데 잠시 두세요, 팽 공자님."

효명이 한빈을 말렸다.

하지만 한빈은 고개를 흔들었다.

"일단 빨리 정신을 차려야 남은 정산을 마칠 게 아닙니까?"

"그래도 그냥 두세요. 여러 일이 있었던 것 같은데……. 그러고 보니 점혈도 안 푸셨잖아요."

"아, 그러고 보니 점혈부터 풀어야겠네요."

말을 마친 한빈이 흑월의 어깨를 살짝 눌렀다.

그 모습에 흑월이 말했다.

"당신까지 여기에 있는 걸 보니 여긴 확실히 저승이네요."

"자꾸 헛소리할 거면 원래 자리로 되돌려 놓을 거니 가만히 있어."

"그게 무슨……."

"뒤를 봐."

한빈이 뒤를 가리켰다.

그곳에는 동굴 하나가 뚫려 있었다.

자세히 보니 그곳은 생문과 연결된 출구였다.

그렇다면?

흑월의 눈이 파르르 떨렸다.

누군가 저기를 뚫고 자신을 구한 것이다.

그때 그녀의 마음이라도 읽은 듯 한빈이 말을 이었다.

"나한테 고마워할 필요는 없어. 내가 널 구출한 건 아니니까."

말을 마친 한빈이 손가락을 튕겼다.

딱.

순간 어디선가 곡괭이를 든 여인이 나타났다.

바로 심미호였다.

심미호의 이마에는 송골송골 땀방울이 맺혀 있었다.

심미호가 흑월을 보더니 심드렁한 표정으로 말했다.

"구조비는 따로 청구할게요. 돈은 있어요?"

"……."

흑월은 아무 말도 할 수 없었다.

아직 이승이라는 것도 이해가 되지 않았고, 현비를 비롯한 적에게 둘러싸여 있다는 것도 그다지 희망적이지 않았다.

흑월은 자신도 모르게 내력을 끌어올렸다.

한시바삐 자리를 벗어나기 위함이었다.

그때 누군가 흑월의 어깨를 톡톡 쳤다.

계산은 하고 가야지

누군가 어깨를 톡톡 치자 흑월이 고개를 돌렸다.

그곳에는 한빈이 활짝 웃고 있었다.

동시에 온몸에서 힘이 빠졌다.

자신도 모르는 사이에 점혈을 당한 것이다.

순간 몸이 수수깡처럼 힘없이 기울어졌다.

하지만 한빈은 손도 까딱하지 않았다.

마치 자신과는 관계없다는 듯 팔짱을 끼고 있었다.

점점 바닥이 가까워졌다.

하필이면 바닥에 돌부리가 날카롭게 튀어나와 있었다.

이대로라면 머리가 깨질 것이 분명했다.

그때 누군가 흑월의 몸을 잡아 줬다.

"아이고, 구조비도 못 받았는데 정신을 잃으면 안 되죠. 안 그래요?"

흑월의 몸을 잡아 준 이는 심미호였다.

심미호는 시큰둥한 표정으로 다시 말을 이었다.

"지금 구해 준 것도 달아 놓을게요."

"뭘 달아 놓는다는 거죠?"

흑월이 조심스럽게 물었다.

아까부터 이상한 말을 했지만, 신경 쓰지 않았다.

그런데 지금은 꼼짝없이 잡힌 상태였다.

이제는 꼭 물어봐야 할 것 같았다.

고개를 갸웃한 심미호가 조심스럽게 그녀를 바닥에 내려 났다.

그러고는 사람 좋은 얼굴로 말을 이었다.

"제가 구해 줬잖아요."

"구해 줬다고요?"

"그럼 저 안에서 혼자 나온 줄 알았어요?"

"정말 당신이 날 구해 준 거라고요?"

"물론 주군의 명이 있었어요. 주군이 말씀하시길, 수고비는 직접 받으라고 하셨어요."

"사람을 구하는 데 돈을 받는다고요?"

"며칠 전까지 사람을 해치던 분이 할 말은 아닌 것 같네요."

"어떻게 혼자 날 구했다는 건지······."

"제가 땅 파서 장사하거든요."

"땅을 파서 장사를······."

"대충 이걸 보시면 알 거예요."

심미호가 곡괭이를 들었다.

순간 곡괭이의 끝에서 번쩍하고 광채가 일었다.

흑월은 눈을 크게 떴다.

햇빛 때문이 아니라 저것은 분명히 검기였기 때문이다.

곡괭이에 검기를 피운다고?

그때 심미호가 다시 말을 이었다.

"이렇게 위험한 상황에서는 한 걸음에 은원보 하나예요. 그쪽이 부자라고 주군이 그러던데, 아닌가요?"

"······."

"안 주면 주군의 명이 없어도 제자리에 데려다 놓을 거예요."

심미호는 빙긋 웃으며 흑월을 가리켰다.

그때였다.

한빈이 웃으며 끼어들었다.

"돈 얘기는 나중에 하고, 일단 하던 일부터 끝내."

"알겠어요. 마저 일 좀 끝내고 올게요."

"안 와도 돼."

"돈은 받아야 하잖아요. 계산은 정확히 해야 한다고 주군이 그러셨잖아요."

"마음대로 해. 참, 야명주 다치지 않게 잘 파내고."

"걱정하지 마세요, 주군."

"빨리 가 봐, 심 부대주."

말을 마친 한빈이 흑월을 일으켰다.

흑월을 일으킨 한빈은 뒤를 돌아봤다.

"제가 일단 움직이지 못하게 해 놨으니 천천히 얘기 나누시죠, 마마."

한빈은 현비를 향해서 정중히 포권했다.

현비가 어색하게 웃으며 고개를 끄덕였다.

"감사해요, 팽 공자."

"그냥 편하게 말씀하십시오."

"알겠어요. 그런데 그냥 옆에 있는 게 좋을 것 같아요."

"황궁의 이야기인데 제가 들어서 좋을 건 없지 않습니까?"

"팽 공자도 반은 황실의 사람이 아닌가요?"

"제가 황실의 사람이라······."

한빈은 황당한 눈으로 현비를 바라봤다.

반 정도 황실의 사람이라는 말이 한빈은 이해되지 않았다.

그때 현비가 웃으며 손을 내저었다.

"그 얘기는 나중에 하는 것으로 하고 일단 이 자리를 지켜주세요."

말을 마친 현비는 조용히 흑월을 바라봤다.

흑월은 현비와 눈을 마주칠 수 없었다.

효명을 인질로 잡고서 청룡시를 현비로부터 탈취하려고 했던 그녀였다.

그런데 모든 계획은 물거품이 되었고, 이제는 인질로 잡힌 상황이 됐다.

눈만 끔벅이며 아무 말도 하지 않는 흑월의 어깨를 현비가 가볍게 토닥였다.

"고생 많았다."

"네?"

"황궁에서는 내가 챙겨 주지 못해서 미안하다. 언니가 너를 내게 부탁했지만, 당시 나는 아픈 효명을 챙기느라 네게는 신경을 쓰지 못했지."

"제 어마마마와 그리 친하셨는데 왜 해치셨나요?"

흑월이 눈을 빛냈다.

사실 이번에 만나면 꼭 물어보려고 했다.

그 말에 현비가 힘없이 입을 열었다.

"내가? 혹시 암제라는 자가 그런 말을 하더냐?"

"그럼 아닌가요?"

"언니를 해친 이는 암제와 관련이 있었다. 모든 것은 최근 황제 폐하께서 밝히셨고."

"그게⋯⋯."

"암제가 죽고 나서 밝혀진 이야기다. 암제는 황궁에 복수하기 위해서 몇십 년을 준비했다. 그 와중에 희생된 것이 바로 언니였지. 너도 알다시피 마마와 나는 언니 동생 하는 사이였다. 어찌 보면 친자매보다도 서로를 의지했다."

순간 흑월의 얼굴에서 핏기가 사라졌다.

흑월은 어미가 죽고 나서 생명의 위협까지 느끼고 황궁을 탈출했다.

그런데 어미의 죽음과 암제가 연관이 있다고 하자 말도 나오지 않았다.

현비의 말이 사실이라면 자신의 원수와 뜻을 같이한 것이나 다름없었다.

흑월은 뛰는 가슴을 진정시키고 말을 이었다.

"지금 말씀하신 이야기에 대한 증거 있나요?"

"당연히 증거는 있다. 이걸 확인해 보면 될 것 같구나."

현비는 품속에서 흰색 무명천을 꺼냈다.

흑월에게 그것을 건네려던 현비는 멈칫했다.

한빈이 점혈한 것이 그제야 기억났기 때문이다.

현비는 고개를 돌려 한빈을 바라봤다.

한빈은 아직도 다섯 걸음 떨어진 곳에서 흑월을 감시하고 있었다.

시선을 받은 한빈은 재빨리 다가와 흑월의 점혈을 풀어 주고는 아무 일 없다는 듯 몸을 돌렸다.

현비가 말했다.

"팽 공자도 같이 들으세요. 암제와 관련된 이야기니까요."

"네, 알겠습니다. 마마."

한빈이 포권한 채 자리에 섰다.

잠시 정적이 흐른 후 흑월이 무명천을 펼쳤다.

그곳에는 누군가의 정갈한 글씨가 남겨져 있었다.

그 글씨를 본 흑월의 눈빛이 살짝 떨렸다.

흑월의 입술 사이로 작은 신음이 흘러나왔다.

"아, 어마마마."

혼잣말을 뱉은 흑월은 조용히 내용을 확인했다.

옆에 있던 한빈도 그 내용을 확인할 수 있었다.

내용은 이전에 현비가 말한 내용이었다.

자신이 잘못되면 자신의 아이를 돌봐 달라는 부탁이었다.

즉, 흑월에 대한 부탁이 내용의 반이었다.

그런데 의외의 내용이 이어져 있었다.

바로 미안하다는 사과의 내용이었다.

그 내용은 효명과 관계있었다.

황궁에서 흑월을 노리던 자가 잘못해서 효명에게 해코지했다는 내용이었다.

내용은 간단했다.

현비와 흑월의 어미가 너무 친하기에 같이 있던 시간이 많았고, 그로 인해서 효명이 다치게 되었다는 것.

이 때문에 효명은 병상에서 지내야 했다.

여기까지 읽은 흑월의 눈은 한계까지 커졌다.

자신이 알고 있던 내용과 너무 달랐기 때문이다.

흑월은 실성한 듯 웃음을 토해 냈다.

그 웃음의 끝에 옆쪽에 있던 날카로운 돌부리를 바라봤다.

스스로 목숨을 끊기 위함이었다.

이렇게라도 해야 부끄러움을 지울 수 있을 것 같았다.

순간 흑월이 돌부리를 향해 몸을 던졌다.

획.

순간 현비가 그녀를 잡았다.

물론 옆에 있던 한빈은 지그시 흑월의 마혈을 다시 제압했다.

흑월을 진정시킨 현비가 말을 이었다.

"같이 살자꾸나. 궁으로 돌아가자."

"저, 저는 너무 많은 죄를……."

"얘기를 들어 보니 이번 일로 해를 입은 이들 중 반은 죄가 있는 이들이고 반은 내가 설득할 수 있는 사람들이다. 그러니 이 일은 조용히 묻을 수 있다."

"궁으로 돌아가면……."

"황제 폐하께는 내가 말씀드리마."

"아, 아직도 믿을 수 없네요."

"믿기지 않을 테지."

"그런데 진짜 암제가 죽었습니까?"

"그래. 암제는 강호의 어느 고수에게 죽임을 당했단다."

"그러고 보니……."

흑월은 조용히 한빈을 바라봤다.

그것도 잠시, 나지막한 목소리로 말을 이었다.

"저 사람도 암제와 관련이 있는 자입니다."

"그건 나도 안다."

현비가 고개를 끄덕였다.

다른 사람이라면 몰라도 현비는 한빈이 암제를 죽인 것을 알고 있었다.

흑월이 놀란 듯 현비를 바라봤다.

"저 사람이 암제의 후인이라는 것을 알고 계셨다고요?"

"후인이라니? 그게 무슨 말이더냐?"

고개를 갸웃한 현비가 슬쩍 한빈을 바라봤다.

한빈은 그럴 줄 알았다는 듯 의미심장한 미소를 짓고 있었다.

그때 흑월이 다시 말했다.

"암제와 관련된 자는 용서할 수 없어요. 저자도 조사해 주세요."

"팽 공자는……."

현비는 말을 맺지 못했다.

한빈이 중간에 끼어들었기 때문이다.

"마마, 제가 잠시 얘기 좀 나눠도 될까요?"

"그래요, 팽 공자."

현비가 너그러운 표정으로 뒤쪽으로 물러났다.

거기서 끝나지 않고 현비는 효명의 손을 잡은 후 마차가 있는 곳으로 걸어갔다.

마차가 있는 곳에는 금의위가 기다리고 있었다.

현비가 돌아오자 금의위의 수장인 강유찬이 마차의 문을 열었다.

현비가 마차로 간 것은 이곳을 떠나기 위함은 아니었다.

그녀는 한빈과 흑월의 대화를 방해하고 싶지 않았다.

현비가 마차로 들어가는 것을 보자 한빈이 씩 웃었다.

"고자질이 특기인가 보네."

"대체 왜 현비 마마가……."

"암제를 묻는 데 거든 게 나니까."

"지금 뭐라고……."

"그냥 편하게 말해도 돼. 시간이 지나면 황궁으로 돌아갈 거잖아."

한빈이 씩 웃었다.

이번 사건에서 가장 큰 피해를 본 것은 효명.

그리고 금의위였다.

이 일에 연관된 살막과 고산파도 피해가 크긴 했지만, 황궁을 향해 칼을 겨눈 사건이다.

자신의 죄를 덮기 위해서라도 무덤까지 비밀을 가져가야

할 상황이었다.

남은 것은 금의위인데, 다행히 그들 중에서도 많이 다친
자는 없었다.

물론 금의위의 수장인 강유찬이 모든 일을 덮기로 결정을
내렸기에 가능한 일이었다.

경계해야 할 적이 흑월이 아니기에 내린 결정이었다.

강유찬은 현비를 위해서가 아니라, 나라를 위해서 그런 결
정을 내린 것이다.

적에 대한 집중력이 흐트러지면 그만큼 감시하는 데 불리
하니 말이다.

"내가 황궁으로 돌아간다고 했나요?"

다시 말투가 공손해졌다.

흑월은 자신의 앞에 있는 자에 대한 확신이 없었다.

선한 자인지, 악한 자인지?

적군인지 아군인지 또한 분명하지 않았다.

확실한 것은 상상도 못 할 힘을 지니고 있다는 것이었다.

흑월이 입술을 깨물자, 한빈은 피식 웃었다.

"지금은 갚을 돈이 없잖아."

"갚을 돈이라니요?"

"잠시만."

말을 마친 한빈이 손가락을 튕겼다.

딱.

그 소리에 누군가 번개처럼 한빈의 곁으로 다가왔다.

역시나 심미호였다.

심미호는 곡괭이를 든 채 이마의 땀을 닦았다.

그러고는 불만 섞인 목소리로 말했다.

"주군, 자꾸 부르시면 어떻게 해요. 여기요."

심미호는 품속에서 주판을 내밀었다.

주판을 받은 한빈이 주판을 튕기기 시작했다.

"어디 보자, 우리가 입은 피해가……."

딱. 딱.

기분 좋게 주판알이 굴러다니고.

주판 위의 숫자는 점점 불어났다.

한빈이 주판을 돌려 흑월의 앞에 놓았다.

"대충 잡아도 황금 열다섯 냥은 가볍게 넘네. 그리고 참, 우리 심 부대주 수고비는 별도야."

"화, 황금 열다섯 냥이라고요?"

"지금은 평생 일해도 갚을 수 없는 돈이지."

"그 계산이 어떻게 나온 거죠?"

"잠시만 기다려 봐."

한빈은 품속에서 두루마리 하나를 꺼냈다.

그러고는 그것을 가볍게 펼쳤다.

한빈이 펼친 것은 이제까지 있었던 일과 그 피해액이었다.

그 옆에는 항목이 세세하게 적혀 있었다.

살막과 충돌로 입은 피해 : 검 두 자루, 부상으로 인한 금창
약…….

물론 내용은 거기서 끝나지 않았다.

마지막 항목에는 한빈의 찢긴 무복까지 있었다.

흑월은 억울해졌다.

싸움에 져서 목이 달아나는 것은 참을 수 있지만, 대결 도
중 찢긴 무복까지 물어 달라는 것은 억지였다.

흑월은 도저히 이해가 되지 않았다.

"차라리 나를…….."

"살고 싶다면서? 그리고 흑경의 부작용도 고쳐 달라면서?"

"그래도 이건 내게는 너무 무리예요."

다시 말투가 변한 흑월의 모습에 한빈이 다시 손가락을 튕
겼다.

딱.

그 소리에 이번에는 조호가 달려왔다.

조호를 본 한빈이 물었다.

"심 부대주는 어떻게 하고 네가 왔어?"

"지금 야명주 파느라 집중해야 한대요. 잘못하면 깨진다고
저보고 대신 가라고 해서 왔습니다, 주군."

"그래, 펼쳐 봐."

한빈이 바닥을 가리키자 조호가 재빨리 보따리를 풀고 지

필묵을 깔았다.

준비하면서도 조호는 연신 한숨을 내쉬었다.

설화와 청화의 빈자리가 느껴지는 순간이었다.

아마 설화였으면 벌써 준비를 끝마쳤을 터.

조호는 주섬주섬 자리를 정리한 후 그제야 일어났다.

"주군, 준비 다 됐습니다."

"그래, 고생했어. 가서 일 봐."

"그냥 여기서 대기하고 있으면 안 되겠습니까?"

"그럼 심 부대주하고 장삼만 고생하잖아. 우리 적혈맹호대의 인재가 나서야 일이 빨리 끝나지."

"이, 인재라고요?"

"그럼, 조호가 인재 아니면 누가 인재야."

"감사합니다, 주군."

고개를 꾸벅 숙인 조호가 가벼운 발걸음으로 돌아갔다.

갑작스러운 상황에 흑월은 대화에서 소외되었다.

한빈은 마치 옆에 흑월이 없다는 듯 돌아가는 조호를 응시하며 외쳤다.

"심 부대주에게 흠집 안 나도록 잘 수거하라고 하고!"

"존명!"

조호가 뒤돌아서 외치자 한빈이 흐뭇하게 웃었다.

심미호를 중심으로 적혈맹호대는 야명주와 만년한철을 수거하기 위해서 이곳을 발굴하고 있었다.

흑월은 멍하니 보다가 겨우 말문을 열었다.

"지금 뭐 하시려는 거죠?"

"일단 차용증이라도 써 놔야지?"

"차용증이요?"

"그럼 계산도 안 하고 그냥 황궁으로 튀려고 했어?"

"자, 잠시만요……."

"현비 마마 덕분에 황궁으로 돌아간다고 해도, 나하고의 계산은 마쳐야지. 안 그래?"

말을 마친 한빈은 백색의 종이 위에 내용을 채워 나가기 시작했다.

휙휙.

마치 구걸십팔보의 초식을 실은 듯 한빈의 붓은 한 치의 망설임도 없이 종이 위를 누볐다.

쓱쓱.

눈 깜짝할 사이에 종이에는 빽빽하게 내용이 가득 찼다.

한빈은 아무렇지 않게 종이를 건넸다.

"이제 서명하지?"

"그래도 읽어 봐야 하지 않나요?"

"잘 읽어 봐."

"잠깐만 기다려요."

흑월이 눈을 가늘게 떴다.

그때 한빈이 다시 차용증을 뺏었다.

휙.

눈 깜짝할 사이에 차용증을 빼앗긴 흑월이 물었다.

"대체 뭐 하는 거죠?"

"깜빡하고 안 적은 게 있어서."

"네?"

"치료비도 추가해야 하잖아."

"치료요?"

"내가 말했잖아. 흑경에 대한 부작용은 내가 책임지겠다고. 물론 죗값은 현비 마마와 알아서 잘 상의하고."

"지, 진짜 고칠 수 있는 건가요?"

"싫으면 말고."

"아니에요."

흑월이 고개를 끄덕이자 한빈은 차용증에 치료비까지 추가했다.

항목을 추가한 한빈이 차용증을 내밀자 흑월은 재빨리 붓을 들었다.

시간을 끌면 끌수록 자신이 불리하다는 것을 알게 된 것이다.

쓱쓱.

한빈은 흑월이 차용증을 건네자 구체적인 항목이 적힌 두루마리를 던졌다.

휙.

흑월이 두루마리를 받고는 고개를 갸웃했다.

"언제 고쳐 줄 거죠?"

그 말에 한빈이 자리에서 일어났다.

그러고는 진지한 표정으로 흑월에게 손을 내밀었다.

"일단 선금부터 줘야지."

"선금이요?"

"암제의 기록 말이야. 가지고 있잖아."

"그건……."

"고산파와 살막을 수족처럼 부릴 수 있었던 것도 암제의 기록 때문이지?"

"그걸 어떻게……."

"암제의 수법은 내가 훤히 꿰뚫고 있거든."

"흠."

"네가 서명한 차용증에 그 기록을 내게 넘겨야 한다고 분명히 표시해 놨거든. 일단 약속부터 지키라고."

"……."

흑월은 말없이 한빈을 바라보다가 품 안을 뒤졌다.

그러고는 손바닥만 한 서책 하나를 꺼냈다.

서책은 가죽으로 되어 있었다.

아마도 그 덕분에 물속에서도 상하지 않았던 것 같았다.

한빈은 재빨리 흑월로부터 서책을 낚아챘다.

그러고는 내용을 대충 확인했다.

그 모습에 흑월이 물었다.

"없애시려는 건가요?"

"이런 좋은 무기를 왜 없애? 나중에 뒀다가 써야지."

한빈이 환하게 웃자 흑월은 자신도 모르게 움찔했다.

너무 당연하다는 듯 말하는 한빈의 모습은 사파보다 사파다웠기 때문이다.

놀란 흑월을 본 한빈이 진지한 표정을 말했다.

"가부좌를 틀고 눈을 감아."

"지금요?"

"나 시간 없는 사람이야."

한빈이 미간을 좁히자 흑월이 바로 눈을 감았다.

"지금부터 시작한다."

말을 마친 한빈은 손을 흑월의 정수리에 올려놓았다.

한빈은 재빨리 용린검법의 초식 중 기사회생을 떠올렸다.

순간 용린의 기운이 한빈의 오른팔로 서서히 모이기 시작했다.

그 기운이 흑월의 정수리를 타고 흘러 들어갔다.

스스슥.

흑월이 몸을 부르르 떨자 그녀의 눈에서 검은 액체가 살짝 흘러나왔다.

바로 흑경의 잔재들이었다.

누가 이 광경을 본다면 흑월이 환골탈태의 과정을 겪는다고 착각할 정도였다.

한빈은 흑월의 안에 남아 있는 흑경의 잔재를 보면서 고개를 끄덕였다.

한빈은 흑월에게서 흑경이 담긴 주머니를 빼앗았다.

사실 그 이유는 간단했다.

혹시 모를 상황에서 한빈이 사용하기 위해서였다.

보통 사람 같으면 흑경을 계속 쓸 시 얼마 안 가서 주화입마에 들겠지만, 한빈은 남들과는 달랐다.

기사회생을 비롯한 회복의 속성이 담긴 구결까지 지니고 있었다.

흑경으로 인한 부작용이 한빈에게는 아무런 해를 줄 수 없다는 말이었다.

상대방의 무공을 그냥 베끼는 것이 아니라 증폭시켜서 돌려주는 무공은, 신선의 무공을 지닌 백경의 선주들에게 쓰면 딱 맞았다.

한빈은 마지막에 어렴풋이 검선의 환상을 보았다.

거기에 더해 검선과 대화까지 나누었다.

말하자면 그 환상도 안배인 것 같았다.

재미있는 것은 꽤 긴 대화를 나눈 것 같은데 검선과 나눈 말들이 완벽하게 떠오르지는 않는다는 점이었다.

검선은 때가 되면 모든 기억이 떠오를 것이라고 하며 중원을 부탁하고 사라졌다.

생각해 보니 흑경도 선조들이 남긴 안배라는 생각이 들었다.

안배가 담긴 서책에서 용린을 언급한 것을 보면 용린검법은 검선이 남긴 무공일 확률이 높았다.

그리고 용린검법과 비슷한 효과를 내는 흑경이란 물건도 그들의 안배일 가능성이 컸다.

검선의 무공을 얻기 전에 아마도 미봉책이 필요했을 터.

흑경을 복용한 자는 희생을 각오해야 한다.

자신의 선천진기까지 싹싹 긁어서 흑경의 뜻대로 움직여야 하니 말이다.

아마도 누군가의 희생을 염두에 두고 만든 물건이겠지만, 흑월은 그것을 개인적으로 사용했었다.

중원을 지키려고 만든 물건으로 이곳을 파괴하는 데 사용한 것.

어떻게 보면 강호라는 세상은 모순덩어리였다.

물론 검선의 안배를 부정하는 것은 아니었다.

마지막까지 안배를 받은 자의 안전까지도 생각했으니까.

한빈이 그곳을 아무렇지 않게 빠져나올 수 있었던 이유는 검선의 묘와 연결된 비밀 통로가 있었기 때문이었다.

한빈이 흑월에서 손짓한 것은 그곳으로 오라는 것이지, 먼저 가라는 말이 아니었었다.

사실 흑월이 한빈에게 다시 돌아왔으면 아무 일 없이 그 통로를 통해서 먼저 빠져나왔을 것이다.

모든 통로가 무너져도 그 비밀 통로만은 마지막까지 건재했으니까.

그런데 흑월이 먼저 도망치는 바람에 한빈은 그 통로로 혼자 나올 수밖에 없었다.

덕분에 심미호와 조호 그리고 장삼이 흑월을 구하기 위해서 통로에 쌓인 돌덩이를 치워야 했다.

심미호의 신묘한 곡괭이질이 아니었다면 흑월은 아직도 통로에 갇혀 있을 확률이 높았다.

한빈은 조용히 흑월을 바라봤다.

오 공을 통해서 나오던 검은 액체는 모두 멈춘 상태.

마침 기사회생의 기운을 모두 사용했다.

그렇다고 흑월의 몸이 완벽해진 것은 아니었다.

기사회생의 초식 자체가 구 할가량을 회복시키는 효용을 지녔다.

지금 회복시킨 것은 전의 상태에 비하면 정확히 구 할 정도로 돌아온 것이다.

그 구 할만으로도 흑월의 얼굴은 딴판으로 변해 버렸다.

전에 청화를 회복시켰을 때만큼 흑월의 모습은 달라져 있었다.

표독스럽던 눈매까지 선한 인상으로 바뀌었으니 말이다.

한빈은 기사회생이 없앤 것은 흑경의 부작용만이 아니라

는 생각이 들었다.

흑월의 가슴 한쪽에 자리 잡고 있던 악의마저도 없앤 것은 아닐까?

그때 현비와 효명이 돌아왔다.

효명은 무명천으로 흑월의 얼굴을 닦아 주기 시작했다.

흑월의 눈이 붉어지는 것은 어찌 보면 당연한 일.

한빈은 조용히 자리를 빠져나왔다.

차 한 잔 마실 정도의 시간이 지나고, 현비가 한빈을 찾아왔다.

흐뭇한 표정을 짓는 현비의 모습에 한빈은 기다렸다는 듯 살짝 고개를 숙였다.

고개를 든 한빈은 품속에 있는 차용증을 현비에게 보여 주며 웃었다.

"아마도 황궁으로 돌아갈 수밖에 없을 겁니다. 제게 막대한 빚을 졌으니까요."

"이번에도 신세를 졌군요, 팽 공자."

"다 먹고살자고 하는 일이 아니겠습니까? 마마."

"호호."

현비가 입을 막고 웃었다.

그때 한빈이 고개를 갸웃하며 물었다.

"그런데 아까 반은 황실의 사람이라고 하셨던 게 무슨 뜻입니까?"

"흠, 그건 때가 되면 말해 주지요. 그리고 그 차용증은 제가 책임지고 갚을 테니 걱정하지 말아요."

현비가 사람 좋은 얼굴로 한빈을 바라봤다.

조용히 돌아선 한빈은 고개를 갸웃했다.

현비의 눈빛이 왠지 사도련의 독고련과 비슷하다는 생각이 들어서였다.

한빈은 이 점이 이상했다.

독고련과 현비 사이에 무슨 공통점이 있을까?

한빈은 바위에 기대어서 조용히 어딘가를 바라봤다.

하북팽가가 있는 북동쪽이었다.

문득 집으로 돌아가 잠시 쉬고 싶다는 생각이 들었다.

집이라는 단어를 떠올린 한빈이 피식 웃었다.

전생에서는 돌아갈 집이 없었다.

들개처럼 전장을 떠돌아다니던 일밖에 기억에 없었다.

그런데 집이라니!

한빈은 조용히 고개를 저었다.

백경과의 일이 마무리될 때까지 긴장의 끈을 늦추어서는 안 됐다.

일단 이곳을 떠나 칠음현으로 가는 것이 먼저였다.

그곳에 초아 일행이 백경의 배를 끌고 기다리고 있을 터였다.

그때였다.

흑월이 허겁지겁 한빈에게 뛰어왔다.

한빈이 고개를 갸웃하자 흑월이 두루마리를 펼쳤다.

"이게 어떻게 된 거죠?"

"뭐가? 혹시 치료에 불만이라도 있나?"

"그건 아닌데, 왜 구조비가 세 명 몫이죠?"

"흠, 그건 말이야……."

말끝을 흐린 한빈은 손뼉을 쳤다.

짝.

그 소리에 멀리서 거대한 그림자가 서서히 다가왔다.

자세히 보니 거구의 사내 둘이 커다란 짐승을 어깨에 걸치고 있었다.

해를 등지고 있었기에 거대한 그림자가 드리워졌던 것.

그들은 천천히 한빈이 있는 곳으로 다가왔다.

두 사내의 정체는 악비광과 양예신이었다.

둘은 한빈의 앞까지 와서 어깨에 걸쳐 멘 것을 바닥에 내려놨다.

팍. 팍.

순간 흑월의 눈이 커졌다.

그들이 바닥에 내려놓은 것은 다름 아닌 흑월이 데리고 있던 두 명의 괴인이었다.

흑월은 두 명의 괴인에게 달려가다 멈췄다.

그들은 오랜 시간 흑월을 돌봐 준 수하들이었다.

황궁을 떠나 동굴에서 수련할 때 식사에서 빨래까지 모든 것을 책임져 주던 이들이었다.

그뿐이 아니었다.

그들은 흑월과 함께 내공을 공유할 수 있는 독특한 합격진을 펼칠 수 있도록 훈련받았다.

어찌 보면 황궁에서의 유모와 같은 역할을 한 이들이 바로 두 명의 괴인들이었다.

하지만 흑월은 그들에게 다가갈 수 없었다.

그들은 암제가 자신에게 보낸 이들이기 때문이다.

현비와의 대화를 통해서 암제가 자신의 원수라는 것을 확실히 깨달았다.

현비의 말에는 한 치의 거짓도 없었다.

또한 대화를 통해서 알게 된 놀라운 사실은 하나 더 있었다.

암제를 없애는 데 공을 세운 자가 한빈이라는 점이다.

그렇다면 한빈은 자신의 은인이 되는 셈이었다.

그럼 두 거구의 괴인은 적일까? 아군일까?

흑월은 쉽사리 판단을 내리지 못했다.

그때 한빈이 흑월의 옆으로 다가왔다.

"왜 그래? 판단이 안 서?"

"그게 무슨 말이죠?"

"이 친구들 말이야."

한빈은 땅에 쓰러진 두 거한을 가리켰다.

그 모습에 흑월이 물었다.

"이자들이 왜요?"

"이미 누가 적군인지 아군인지에 대한 판단은 끝난 것 같고……. 암제가 보낸 이들이 과연 적일까, 아군일까 고민하는 표정인데."

"아, 아니에요."

"내가 한마디 해 주지."

"……."

"이자들은 너와 같은 상황이야."

"그게 무슨 말이죠?"

"두 거한은 랑야산의 산채에서 태어났지. 그리고 누군가로부터 납치되었어. 그 누군가는 누군지 말 안 해도 알겠지?"

"그게 이들이라고요?"

흑월이 눈을 크게 떴다.

자신도 모르는 그들의 출생에 대해서 한빈이 알고 있으니 놀라지 않을 수 없었다.

오랜 시간 그들과 같이 있으면서도 그들의 출신에 대해서는 몰랐다.

자신과 같은 상황이라는 한빈의 말에 흑월의 마음은 요동쳤다.

흑월은 자신도 모르게 한빈의 소매를 잡았다.

"이들도 살려 주세요."

"벌써 살려 줬잖아. 이들을 무너진 통로에서 구한 게 누구라고 생각해?"

"그게 아니라 이들의 죄를……."

"그건 이미 합의된 거잖아. 이들의 죄를 물으려면 너도 벌을 받아야 하는데……. 그건 현비 마마께서 원치 않으시니 얘기는 끝난 거지."

"아."

"그리고 난 공짜로 한 일은 아니야. 그러니까 신경 쓰지 마."

"아, 알았어요."

흑월이 다급하게 고개를 끄덕이자 한빈이 씩 웃었다.

🦟

하루 뒤.

아침부터 토끼구이 익는 냄새가 산자락을 스치고 지나갔다.

이것은 심미호를 필두로 한 적혈맹호대의 체력을 회복시키기 위한 비장의 한 수였다.

심미호와 적혈맹호대는 단 사흘 만에 검선의 묘에 있는 모든 귀중품을 긁어모으는 데 성공했다.

그들의 모습에 고산파의 고수를 비롯한 금의위의 무사들도 입을 떡 벌렸다.

오직 강유찬만이 그들의 모습에 놀라지 않았다.

강유찬은 사천당가에서 그들을 도운 적이 있었다.

주변 수로를 공사한다는 명목으로 관의 힘을 빌려서 적혈맹호대가 통로를 개척할 자리를 마련해 주었다.

그 당시에도 놀라기는 마찬가지였다.

그런데 지금은 그때의 모습보다 한 단계 더 성장해 있었다.

강유찬은 자신도 모르게 입맛을 다셨다.

그들을 황궁으로 불러들인다면 못 할 일이 없을 것 같았다.

강유찬이 보기에 적혈맹호대 대원들은 하나하나가 모두 인재였다.

그중에 심미호는 장군의 자리를 줘도 안 아까울 정도의 실력을 갖추고 있었다.

입술을 달싹이던 강유찬이 한빈의 옆으로 붙었다.

강유찬을 본 한빈이 고개를 갸우뚱하다가 토끼구이 꼬치를 하나 들었다.

"배고프십니까? 대인."

"그게 아니네, 팽 공자."

"그럼 왜 그렇게 저를 물끄러미 보십니까?"

"혹시 적혈맹호대 말이네."

"말씀하시지요."

"나중에 그들을 빌려줄 수 있겠나?"

"적혈맹호대를 빌려달라고요?"

"나라에 위급한 일이 있을 때 필요할 것 같아서 말이네."

"혹시 수로 공사에 투입하시려고 하는 겁니까?"

"그런 게 아니네. 저들의 능력이 아까워서 그러네."

"흠, 그런 거라면 염려하지 마십시오. 불러 주신다면 제가 저들과 함께 달려가겠습니다."

"고맙네."

강유찬이 한빈의 손을 잡았다.

순간 한빈이 손을 빼며 꼬치를 강유찬의 손에 넘겼다.

졸지에 꼬치를 잡은 강유찬은 고개를 갸웃하며 토끼구이를 한 입 베어 물었다.

순간 강유찬의 눈이 커졌다.

그는 다시 한 입 토끼구이를 입에 넣었다.

순식간에 토끼구이를 다 넣고 입을 다문 강유찬이 눈을 감았다.

한참 동안 입을 오물거리던 그가 눈을 뜨더니 말을 이었다.

"무공뿐 아니라 요리 솜씨도 늘었군."

"강호란 곳이 몸에 새겨진 상처만큼 실력이 늘지 않습니까?"

당연한 말이었다.

몸에 새겨진 상처는 강호의 나이테라는 속담이 있다.

나이가 들면 늘어나는 나이테처럼 상처도 늘어 가기 마련이었다.

대화를 나누던 강유찬이 고개를 갸웃했다.

"그러고 보니……."

얼마 전보다 얼굴이 더 깨끗해 보였기 때문이다.

딱 집어서 말할 수는 없지만, 한빈에게 상서로운 기운까지 느껴졌다.

처음에는 착각인가 싶었는데 얼굴을 보니 그게 아닌 것 같았다.

강유찬이 재빨리 말을 이었다.

"무슨 일이 있었는가?"

"알고 싶습니까? 대인."

한빈이 의미심장한 표정으로 물었다.

사실 한빈은 아래에서 있었던 일을 모두 털어놓지는 않았다.

다른 이들은 안에 함정이 있었고, 겨우 그곳을 빠져나왔다는 정도만 알고 있는 상태였다.

진지한 한빈의 표정에 강유찬이 말했다.

"비밀을 지켜야 할 사항이라면 아예 안 듣겠네."

"굳이 비밀은 아닙니다."

"그럼 말해 보게."

"아마도 물이 좋았나 봅니다, 대인."

"물이 좋았다고 했나? 혹시 그 물에 나도 세안 한번 해 봐도 되겠나?"

"제가 심 부대주에게 말해 놓겠습니다."

"고맙네. 요즘 십 년은 늙은 것 같네."

"제가 봐도 그래 보입니다."

한빈이 강유찬을 보며 웃었다.

실제로 강유찬의 안색은 좋지 않았다.

거기에 피부까지 푸석푸석한 것이, 금의위의 수장이라고는 볼 수 없는 모습이었다.

한빈은 검선의 안배는 당분간 비밀로 하기로 했다.

이유는 간단했다.

저곳에 그런 안배가 있다고 소문이 나면 검선의 안배를 받은 자가 누군지 만천하에 드러나게 된다.

그렇다면 여기저기서 파리가 꼬일 터.

한빈은 그것을 방지하기 위해서라도 안배에 대한 것은 비밀로 해야 했다.

물론 흑월도 끝까지 입을 다물기로 했다.

입을 여는 즉시 추가 치료는 없다고 못을 박았으니 약속은 지킬 터였다.

문제는 그뿐이 아니었다.

검선의 안배가 선대 황제와 연관이 있다고 하면 지금 발굴하는 보물의 소유권이 황실로 넘어가게 된다.

위험을 무릅쓰고 목숨을 구해 준 대가로 보물을 뺏기게 된다?

그것은 강호의 도리가 아니었다!

그때 흑월이 옆으로 다가와 손을 내밀었다.

그 모습에 한빈이 두 손으로 꼬치를 건넸다.

"공주 마마, 드시지요."

"앗."

꼬치를 베어 물려던 흑월이 헛기침했다.

어찌나 당황했는지 꼬치를 놓치는 흑월의 모습에, 한빈이 재빨리 손을 뻗었다.

떨어진 꼬치를 잡은 한빈이 한숨을 쉬었다.

"휴, 아깝게……."

"이리 줘요."

"한번 빼앗긴 것을 돌려받는 것은 강호에서는 힘든 일이지요. 하지만 황궁에서는 가능한 일입니다, 공주 마마."

의미심장한 말을 건넨 한빈이 씩 웃었다.

흑월은 황궁으로 돌아가서 황제의 명을 기다려야 했다.

어쨌든 다시 공주의 신분으로 돌아왔다.

당사자인 현비와 효명이 모든 죄를 덮었으니 말이다.

앞으로 흑월은 황궁에서 쓰던 진명이라는 이름을 써야 했다.

그러니 한빈이 말을 높이는 것은 당연한 일이었다.

하지만 흑월은 적응이 안 되는 듯 어색한 표정을 짓고 있었다.

"자꾸 놀리지 마세요."

"놀리는 게 아닙니다."

한빈이 웃으며 손을 흔들었다.

그때 언제 왔는지 효명이 한빈의 옆에 앉았다.

그러더니 아무렇지 않게 작은 손을 내밀었다.

"팽 공자님, 저도 주세요."

"흠, 공주 마마도 드시게요? 입에 안 맞으실지도……."

"아니에요. 팽 공자님이 드시는 거라면 저도 먹을 수 있어요. 참, 하나 더 주세요."

"하나 더요?"

한빈이 고개를 갸웃하자 효명은 눈을 찡긋했다.

"어마마마도 드리게요."

"허. 현비 마마가 이걸……."

한빈이 당황한 표정으로 헛숨을 들이켰다.

꼬치 두 개를 손에 든 효명이 휘파람을 불면서 자리로 돌아갔다.

흑월도 꼬치 하나를 더 얻어서 효명을 따라갔다.

강유찬은 눈인사를 건네고는 역시 꼬치를 들고 흑월의 뒤를 따랐다.

한빈은 고개를 끄덕이며 그와 눈짓했다.

사실 한빈은 이런 강유찬의 모습을 보며 황궁에는 몸을 담지 않겠다는 결심을 했다.

황궁에서 아무리 높이 올라간다고 해도 황족의 위에 설 수는 없는 법.

강호에서 유유자적 생활을 즐기는 것이 좋지, 강유찬처럼 황궁 생활은 못 할 것 같았다.

그것도 잠시, 한빈은 피식 웃었다.

천하의 금의위 수장을 이렇게 안타까운 눈으로 보는 자는 자신밖에 없을 거라는 생각이 들어서였다.

그때 적혈맹호대 대원들이 아침을 먹기 위해 하나둘씩 들어오기 시작했다.

심미호부터 시작해서 조호와 장삼까지 모두가 눈에 불을 켜고 허겁지겁 꼬치를 먹기 시작했다.

"와, 역시 주군의 솜씨는……."

"주군, 사랑합니다."

대원들 모두 마파람에 게 눈 감추듯 꼬치를 집어 갔다.

덕분에 꼬치는 순식간에 사라졌다.

그렇게 식사가 마무리될 때였다.

멀리서 기척이 느껴졌다.

고개를 돌려 보니 현비와 강유찬이 한빈에게 걸어오고 있었다.

그 옆에서 강유찬이 고개를 조아리고 있었다.

강유찬의 심각한 표정에 한빈은 본능적으로 청력을 최대한 끌어올렸다.

옆에 있는 강유찬이 심각한 표정으로 속삭였다.

"마마, 다시 한번 생각해 보시는 게 좋을 것 같습니다."

"아니에요. 저는 꼭 팽 공자에게 부탁하고 싶어요."

"제가 감당할 수 없는 일이 일어날 수도 있습니다, 마마."

"그건 제가 책임질게요. 이번 일을 해결한 것도 팽 공자잖아요."

"황제 폐하께서 아시면……."

"아마 찬성하시겠죠."

현비가 해맑게 웃었다.

강유찬의 표정은 사뭇 심각해 보였다.

그날 오후.

한빈은 적혈맹호대와 함께 마차 하나를 호위하고 있었다.

마차에는 현비 일행이 타고 있었다.

적혈맹호대와 한빈이 왜 그들을 호위하고 있을까?

그것은 다름 아닌 현비의 부탁 때문이었다.

불광사의 연등회로 가는 현비 일행을 한빈이 호위하기로 한 것이다.

이유는 간단했다.

이번에 효명을 구한 것이 한빈이기에 믿고 맡긴 것이다.

한빈에게 호위를 맡기겠다는 현비의 결심에 강유찬은 당황했었다.

한빈은 한 가지 조건을 걸고 승낙했다.

그것은 모두가 상인으로 변장하는 것이었다.

이번에는 흑월이었지만, 또 어떤 위험이 도사리고 있을지 몰랐다.

이번에 흑월을 만나면서 느낀 것이지만, 상상도 못 할 일들이 강호에서는 일어날 수 있었다.

사실 흑월도 한빈이 아니었다면 감당키 어려웠었다.

약의 도움이기는 했지만, 당시에는 천하제일이라고 해도 될 정도였다.

그런 인물이 중간에 다시 나타난다면?

그때는 안전을 책임질 수 없었다.

가장 좋은 방법은 표적이 되지 않는 것이었다.

두 번째 방법은 감당할 적만 나타나는 것이다.

즉, 상인으로 위장한다면 그에 합당한 적이 나타날 것이었다.

산적이나 좀도둑 혹은 지나가는 부랑배 같은 부류 말이다.

그때 앞쪽에서 심미호의 목소리가 들려왔다.

"모두 멈추세요."

한빈도 재빨리 앞으로 달려갔다.

자세히 보니 통나무가 길을 가로막고 있었다.

얼핏 보기에는 그리 무거워 보이지 않는 통나무였다.

하지만 심미호가 한빈에게 보고한 것은 절차 때문이었다.

현비와 불광사로 가는 도중에 일어나는 모든 일을 한빈에게 보고해야 했다.

심미호는 조용히 눈을 반짝였다.

"제가 치울게요, 주군."

"아니야. 심 부대주는 일단 뒤로 물러나 있어."

한빈이 손을 횡으로 뻗어 가로막자, 심미호가 머쓱한 표정으로 뒤로 물러났다.

그사이에 강유찬은 한빈의 옆에 섰다.

한빈에게 호위를 맡겼지만, 잘못되면 모든 책임은 금의위가 져야 하기 때문이다.

강유찬은 눈을 반짝이며 주위를 둘러봤다.

주위를 돌아봤지만, 산짐승들의 움직임을 제외하고는 별다른 특이 사항은 없었다.

그때 한빈이 어깨를 으쓱하며 외쳤다.

"저 물건의 주인께서는 어서 나오시지요!"

한빈의 외침에 옆에 있던 강유찬이 고개를 갸웃했다.

"주변에 느껴지는 기척은 없네. 일단 치우고 가는 것이 좋을 것 같네만……."

"잠시만 기다리시죠, 대인."

"왜 그러나?"

"생각보다 상대의 머리가 뛰어난 점이 걸립니다. 의도를 생각해 봐야 할 것 같습니다."

"그게 무슨 말인가?"

"저 쓰러진 나무를 좀 보십시오."

"누군가 일부러 갖다 놓은 나무가 아닌가?"

"자세히 보십시오. 거기 보면 창이 꽂혀 있습니다."

"창이라……."

강유찬이 눈을 가늘게 뜨고 바라봤다.

순간 강유찬의 손이 그의 허리로 향했다.

누가 봐도 검을 찾고 있는 모습이다.

그때 한빈이 말했다.

"그냥 모른 척하십시오."

"누가 봐도 저건 보통 산적이 할 만한 게 아니네. 분명히 마마를 노리고 온……."

"흔적은 완벽하게 지웠습니다. 그리고 변장까지 했는데 누가 알아봅니까? 대인."

한빈은 뒤를 돌아봤다.

뒤쪽에서는 효명이 고개를 내밀며 눈을 끔뻑이고 있었다.

양 갈래 머리를 한 후 양쪽으로 말아 올린 것이, 누가 봐도 공주의 모습은 아니었다.

사실 그뿐이 아니었다.

현비와 흑월, 아니 진명의 모습도 완벽하게 바꾼 상태다.

현비는 상단의 주인 그리고 진명은 호위 무사로 변장한 상태였다.

소규모 상단의 경우 여인이 주인인 곳도 많기에 복장만 잘 꾸며 놓으면 들킬 리가 없었다.

마차도 그들이 현빈과 타고 왔던 마차가 아니었다.

현비가 타고 온 마차는 나머지 금의위 무사들이 호위해서 황궁으로 향했다.

현비의 뒤를 밟고 있는 자가 있다면 아마도 황궁으로 향한 빈 마차를 따라가고 있을 것이다.

그때 강유찬이 걱정 가득한 목소리로 말했다.

"내가 진짜로 걱정하는 건 현비 마마를 노리는 세력이 아니네."

"그럼요?"

"적이 자네를 노릴까 봐 걱정되어서 하는 말일세."

"흠, 저를 노리는 적이라……."

"생각해 보게. 자네가 이제까지 겪을 일을 말일세."

"흠, 그다지 위험한 일은 없었지 않습니까?"

"하남정가와 사천당가!"

"아, 그거야 저를 노린 게 아니었죠."

"그러고 유림 서원!"

"그건 정말 억울합니다. 그것도 유림 서원을 노린 일이었지, 저와는 관계가 없습니다."

"우연이 연속되면 그것은 필연일세. 가는 곳마다 강호가 들썩일 만한 일이 일어나니……."

"아, 진짜 우연입니다."

한빈은 손을 휘휘 내저었다.

이건 말도 안 되는 이야기였다.

"혹시 하북의 명물이 사라진 것도 자네와 관련이 없다는 건가?"

"하북의 다리 말씀이시라면……. 그건 저와 살짝 연관이 있습니다."

한빈이 어색하게 웃었다.

위씨세가와 결전을 벌이는 바람에 무너진 다리는 아직도 복구 중이다.

이건 할 말이 없는 것이, 위씨세가에서 대놓고 한빈을 공격했었다.

이쯤 되자 한빈이 먼저 말을 꺼내기로 했다.

"이번에 무당산에서 일어난 사건도 비슷합니다. 그런데 중요한 건 모든 일을 해결했다는 것이죠."

"그래서 나도 자네를 믿고 있는 것일세. 하지만 묘해도 너무 묘해. 이번만 해도 어떻게 사건의 냄새를 맡았는지 도무지 이해가 안 되네."

"그건 제가 보기에도 우연인 것 같습니다."

"그래서 한 가지 가정을 해 봤네."

"무슨 가정을 하셨다는 겁니까?"

"자네가 불운을 타고난 건 아닌지 하는 가정일세. 사실 나야 다행이지만, 자네는 이번에도 고생하지 않았나? 잘못했으면 시체도 못 찾을 뻔했네. 내가 두려운 것은 자네가 아니라 자네의 불운일세."

"너무 걱정하지 마십시오. 불운에 대적할 만큼 좋은 운도 타고났으니까요."

"운도 다 필요 없으니, 이번만큼은 그 불운이 찾아오지 않길 바라네."

말을 마친 강유찬은 조용히 뒤쪽을 바라봤다.

마차 안의 현비를 바라보는 것이다.

그러더니 곧 한빈에게 고개를 끄덕였다.

마음대로 해 보라는 허락이었다.

한빈은 조용히 통나무 앞으로 걸어갔다.

옆을 보니 통나무로 막아 놓은 길 옆으로 다른 길을 내놓았다.

마차가 충분히 지나갈 만한 여유 있는 길이었다.

대로를 통나무로 막아 놓고 샛길을 열어 놨다고?

이건 아무리 봐도 이상했다.

한빈은 샛길 쪽에 돌을 던졌다.

휙.

한빈은 고개를 갸웃했다.

아무런 기척도 느껴지지 않았다.

한빈은 다시 돌멩이를 주워 들었다.

그러고는 주변을 살폈다.

주변을 살피던 한빈이 동시에 돌을 뿌렸다.

돌멩이는 각각 동서남북으로 날아갔다.

거의 백 걸음 이상 날아간 돌멩이가 동시에 숲속에 떨어졌다.

툭, 툭…….

한빈이 눈을 가늘게 뜨며 북쪽을 바라봤다.

순간 살짝 기척이 느껴졌기 때문이다.

한빈의 움직임에 반응한 것이다.

보통 무인들이 소리에 반응하는 것은 대략 이백 걸음.

그렇다면 돌이 떨어진 곳부터 이백 걸음이니.

삼백 걸음 정도 떨어진 곳에 지켜보는 자가 있다는 말이었다.

상대는 대충 절정 수준의 무공을 지녔고 말이다.

절정의 경지에 오른 자가 이곳에서 산적질을 하고 있다고?

이번 일은 조금 수상했다.

한빈은 눈을 가늘게 뜨고 통나무를 살폈다.

통나무에는 푯말이 걸려 있었다.

"푯말이라? 거기에 건들지 말라고?"

한빈의 말대로 푯말에는 건들지 말라는 표시가 되어 있었다.

이건 도발이었다.

가면 갈수록 상대의 의도는 오리무중이었다.

푯말은 통나무에 꽂혀 있는 창대에 걸려 있었다.

한빈은 창대를 조심스럽게 잡았다.

그러고는 내력을 넣어 봤다.

순간 한빈의 표정이 호기심으로 바뀌었다.

창대를 통해 바닥을 확인했기 때문이다.

이 작품은 분명히 창술의 고수가 벌인 짓이었다.

한빈은 손가락을 튕겼다.

순간 뒤에서 심미호가 번개처럼 나타났다.

심미호는 각오가 되어 있다는 듯 진지한 표정으로 곡괭이를 들었다.

"주군, 제가 깔끔하게 부숴 버릴게요."

"심 부대주, 힘이 남아돌아?"

"네?"

"여기에 건들지 말라고 되어 있잖아. 그런데 우리가 부수면 어떻게 해?"

"주군이 앞을 막고 있는 건 모두 부수고 지나가라고 하셨잖아요."

"그건 그때 일이고. 일단 악비광과 양예신 좀 불러 줘."

"알았어요."

심미호가 뒤쪽으로 가자, 강유찬이 알아서 마차 쪽으로 갔다.

악비광과 양예신은 마차를 호위하고 있었다.

둘이 빠지면 그 자리를 강유찬이 채워야 한다.

잠시 후.

악비광과 양예신이 오자 한빈은 그들에게 조용히 말했다.

"난 이 창의 주인을 만나야 할 것 같아."

"창의 주인이요?"

고개를 갸웃한 악비광이 통나무에 박힌 창을 보았다.

곧 악비광이 입을 크게 벌렸다.

"단 한 수입니다."

"한 수라고?"

양예신도 놀랐다.

통나무를 통과한 창이 바닥에 그대로 꽂혔다는 것은 말도 되지 않았다.

그때 한빈이 말했다.

"두 아우는 이것과 똑같이 할 수 있겠는가?"

"한번 해 보겠습니다."

악비광이 먼저 나섰다.

잠시 숨을 고른 악비광은 공중으로 날아오르더니 창대를 곧게 폈다.

그러더니 쭉 내밀었다.

악룡비창의 수법이었다.

악룡비창은 산동악가의 창술.

직계에만 전해지는 비기 중 하나였다.

순간 창대가 통나무를 뚫고 들어갔다.

푹!

그것도 잠시, 이상한 소리가 울려 퍼졌다.

팅!

창날이 뭔가에 부딪히는 소리였다.

순간 악비광은 창을 다시 뺐다.

창을 빼내는데도 통나무는 전혀 흔들리지 않았다.

마치 통나무가 바닥에 고정된 듯했다.

그것을 본 양예신이 눈을 가늘게 떴다.

"이건 보통 통나무가 아니군요."

"아래에는 바위가 버티고 있네. 창으로 바위까지 뚫어 버린 것이 분명해. 그리고 창이 바위와 통나무를 하나로 이어 주고 있네. 아우는 이런 창술을 가지고 있는 사람이 몇 명이나 된다고 보나?"

한빈이 묻자 양예신이 심각한 표정으로 말을 이었다.

"우리 신창양가와 산동악가의 창을 제외하면 없다고 생각합니다."

그의 말은 단호했다.

그의 목소리에는 무공에 대한 자부심이 묻어나 있었다.

한빈이 다시 물었다.

"그렇다면 이 수법을 펼친 자가 신창양가나 산동악가의 사람이란 소리인가?"

"그건 모르겠습니다. 저도 궁금하군요."

그때였다.

한빈이 고개를 돌렸다.

순간 양예신도 창을 앞으로 뻗었다.

악비광이 고개를 갸웃하며 물었다.

"왜 그러십니까?"

"이백 걸음 밖!"

양예신이 답하자 악비광이 다시 물었다.

"이백 걸음이라니요?"

"백오십 걸음."

"아, 적이군요."

악비광이 표정을 굳혔다.

그도 적의 기척을 알아차린 것이다.

북쪽에서 누군가 천천히 한빈 일행을 향해 걸어오고 있다.

나타난 것은 다섯 명의 무인.

그들은 모두 창을 들고 있었다.

상대가 다가오자 악비광이 묘한 웃음을 흘렸다.

한빈은 그 모습에 피식 웃었다.

역시나 예전 버릇을 못 고친 것 같아서였다.

양예신은 뒤를 힐끔 바라보며 창대를 잡았다.

역시나 충신 가문인 신창양가의 모습이었다.

사실 한빈이 기대했던 모습이기도 했다.

그 모습에 한빈이 말했다.

"여긴 악 아우와 내가 맡을 테니, 양 아우는 뒤로 빠지시게."

"그래도 형님……."

"여긴 나와 악 아우로도 충분하네. 지금은 적의 성동격서를 걱정해야 할 때이네."

"알겠습니다, 형님."

양예신이 마차가 있는 곳으로 달려갔다.

한빈은 검도 뽑지 않은 채 팔짱을 끼고 악비광을 바라봤다.

알아서 하라는 뜻이었다.

한빈의 신호를 받은 악비광이 앞으로 달려 나갔다.

그때 상대 쪽의 수장으로 보이는 무인도 앞으로 나왔다.

창을 든 무인은 누가 봐도 산적이었다.

얼굴을 덮은 수염에, 늑대 가죽을 잘라 만든 옷 등 모든 것이 나는 산적이라고 외치고 있었다.

사실 한빈은 이 점이 이상했다.

산적들이 창을 쓰는 것은 드물기 때문이다.

창은 주로 군영에서 쓰는 무기였다.

산적이 창을 안 쓰는 이유는 그것 말고도 많았다.

숲속에서는 긴 창대로 적을 상대하기가 어려워 불리하다.

거기에 매복 시에도 무기를 들킬 염려가 많았다.

이런 이유로 산적들은 박도를 많이 사용하곤 한다.

물론 적을 겁박하기 위해 우두머리는 커다란 구환도 장창을 사용하기도 한다.

하지만 저렇게 모두가 창을 들고 오는 예는 없었다.

악비광이 달려가자 상대도 창을 길게 뻗었다.

둘의 간격이 점점 가까워지자 주변이 얼어붙는 듯한 착각이 들었다.

일촉즉발의 상황.

창을 든 적의 수장이 갑자기 고개를 갸웃했다.

악비광을 향해 다가가던 적의 수장이 뒷걸음쳤다.

그는 슬며시 창을 내려놓더니 고개를 저었다.

"내가 찾던 자가 아니군. 볼일 없으니 가시오!"

적의 외침에 악비광의 눈이 커졌다.

악비광은 자신도 모르게 복장을 살펴봤다.

상단의 호위 무사 복장.

산동악가의 대공자라고는 생각할 수 없는 평범한 무복을 입고 있었다.

하지만 지금 악비광은 자신의 기세를 드러내고 있는 상태였다.

신분을 숨겼다고 무위마저 숨긴 것은 아니라는 이야기였다.

그런데 그냥 가라고?

악비광은 상대에게 무시받는다는 기분마저 들었다.

악비광이 신경질적으로 외쳤다.

"누군데 나보고 가라고 하지? 이걸로 통로를 막아 놓은 것은 당신 아닌가?"

"나는 당신을 부른 적 없소."

상대가 가볍게 답했다.

순간 악비광의 눈썹이 꿈틀대기 시작했다.

사실 악비광은 통나무에 박힌 창 때문에 기분이 상해 있던 상태였다.

어떤 수로 통나무를 지나쳐 아래에 있는 바위까지 뚫었는지는 악비광은 알 수 없었다.

악비광은 그러지 않아도 자신도 못 한 수법을 펼친 자를 보고 싶었다.

창술가는 저런 재간이 아닌 실전으로 대화를 하는 법.

악비광이 보기에 통나무에 창대를 꽂아 넣은 이는 바로 눈앞에 있는 사내였다.

기회가 된다면 실전에서는 상대를 이길 자신이 있었다.

악비광은 지금 그 기회를 만들고 싶었다.

뒤에 현비가 있고 그들이 상인으로 위장하고 있다는 사실 따위는 잊어버린 지 오래였다.

악비광이 눈을 빛냈다.

"한판 붙지."

"그게 무슨 말이오?"

"통나무로 대로를 막았다는 것은 분명한 도발. 나는 그걸 못 참겠다는 말이네."

분명한 하대였지만, 상대는 얼굴색 하나 변하지 않았다.

상대는 무표정한 얼굴로 손을 휘휘 저었다.

"나는 당신과 농담을 주고받을 만큼 한가한 사람이 아니라오."

말을 마친 그는 몸을 돌렸다.

순간 악비광이 창날을 앞으로 돌렸다.

그러더니 살짝 한빈을 바라봤다.

"미안합니다, 형님."

"마음대로 해."

"네?"

"네 마음대로 하라고. 그런데 도와주지는 않을 거야."

한빈이 턱짓으로 앞을 가리켰다.

순간 악비광이 고개를 갸웃했다.

이 상황이라면 분명히 말리는 것이 맞았다.

그런데 한빈이 아무렇지 않게 싸움을 허락하자 뭔가 불길한 느낌이 든 것이다.

그것도 잠시, 악비광은 하얀 이를 드러냈다.

불길함을 호승심이 누른 것이다.

대신 악비광은 창을 거꾸로 잡았다.

창날을 뒤쪽으로 하고 창대를 앞으로 내밀었다.

상대의 목숨을 해치지 않겠다는 뜻이었다.

동시에 악비광이 몸을 날렸다.

슝!

창대를 길게 뻗은 악비광의 모습은 마치 황새가 주둥이로 물고기를 낚는 모습과 흡사했다.

한 걸음, 두 걸음.

상대와의 간격은 점점 가까워졌다.

하지만 상대는 아무렇지 않게 등을 보이며 걸어갔다.

이대로면 악비광의 창대가 상대의 등에 적중할 것이 분명했다.

이제 단 한 걸음을 남겨 둔 상태.

아직도 움직임이 없다는 것은 싸움을 포기했다는 뜻이었다.

싸울 의사가 없다는 것은 상대가 창술의 고수가 아니라는 말이기도 했다.

바위에 창을 꽂아 넣은 이는 따로 있는 것이 분명했다.

하지만 창을 거두기에는 이미 늦었다.

악비광은 창을 거두는 대신 앞으로 밀었다.

혹시나 숨어 있을 고수가 상대를 구하기 위해 나타나지 않을까 해서였다.

창대를 앞으로 쭉 민 악비광은 고개를 갸웃했다.

손에 감각이 전혀 느껴지지 않았기 때문이다.

순간 창대가 아래로 기울어졌다.

탁!

기울어진 창대가 바닥에 박혔다.

창대는 바닥에 박혔지만, 악비광은 앞으로 달려가고 있는 상태.

악비광의 몸이 허공으로 떠올랐다.

다른 이 같았으면 볼썽사납게 바닥에 널브러졌겠지만, 악비광은 몸을 띄웠다.

그러고는 창대에 진기를 불어 넣었다.

방향을 바꾸기 위해서였다.

순간 상대의 창이 횡으로 악비광의 창을 타격했다.

탕!

창이 휘어지며 중심을 잃은 악비광.

스무 걸음 밖에서 그들의 대결을 지켜보던 한빈은 입꼬리를 올렸다.

바위를 뚫어 버린 창술을 보고 생각나는 사람은 몇 명이 있었다.

양예신의 말대로 신창양가와 산동악가도 한빈의 예상 범위에 포함되어 있었다.

정확히 말하면 신창양가나 산동악가, 모두 가주만이 가능한 수법이었다.

초절정의 무인이라면 창으로 바위는 부술 수 있다.

하지만 바위를 깨기는 쉽다 해도, 바위를 뚫는 것은 어렵다.

뚫을 정도로 힘을 가하면 바위가 결대로 깨지기 때문이다.

바위를 뚫기 위해서는 속도가 뒷받침되는 동시에 바위의 결을 이해하고 있어야 했다.

지금 상태로는 악비광이나 양예신 모두 불가능했다.

그렇다면 상대는 창술의 명가라 할 수 있는 두 가문의 가주이거나, 두 가문의 가주와 비견되는 인물이라는 말이었다.

한빈은 두 가문의 가주가 이런 일을 벌였다면 그것은 구조 신호라고 생각했다.

그래서 돌은 던져서 상대를 유인한 것이었다.

그런데 의외의 상대가 나타났다.

상대는 두 가문의 가주는 분명히 아니었다.

지금 상태에서 한빈이 떠올릴 수 있는 자는 딱 한 명이었다.

상대에게 살기가 없는 한 한빈은 이 대결을 묵묵히 지켜보기로 했다.

방금의 격돌을 본 한빈은 더욱 확신했다.

악비광이 상대의 몸에 창대를 꽂아 넣으려 할 때 한빈은 그 광경을 똑똑히 보았다.

상대는 순간적으로 몸을 틀어 공격에서 벗어났다.

그러고는 창을 안쪽으로 당겨 악비광의 창대를 누른 것이다.

정확히 끝부분을 눌렀기에 무게중심이 한순간에 바뀌어 버린 것.

덕분에 악비광의 창대는 바닥에 박혔다.

그 순간 악비광의 몸은 상대에게 활짝 열려 있었다.

만약 그때 창을 찔렀다면 악비광은 속수무책으로 옆구리에 날붙이가 박히는 것을 보고 있을 수밖에 없었을 것이다.

그런데도 상대는 악비광이 상황을 인식할 때까지 기다려 준 것.

악비광이 상황을 인식하고 중심을 잡으려 하자, 상대는 창을 돌려 악비광의 창대를 밀어 냈다.

상대가 쓴 초식은 특별한 무공이 아니었다.

란나찰(攔拿扎)의 수법이었다.

검법에 삼재검법이 있다면, 창술에는 란나찰이 가장 기본적인 창술이라고 말할 수 있다.

창을 돌려서 밖으로 밀어 내고 창을 안쪽으로 당겨 상대를 누르고, 틈이 보이면 창을 찌르며 들어가는 수법이다.

상대는 기본적인 창술로만 악비광과 대결하고 있다.

앞서 보여 준 것은 란과 나의 수법.

그렇다면 이제는 찰, 즉 찌르는 수법을 보여 줄 터였다.

아니나 다를까.

상대는 중심을 잃고 쓰러지는 악비광을 향해 들어갔다.

상대도 악비광과 똑같이 창날이 있는 부분이 아닌 반대쪽을 사용했다.

목숨을 해칠 의도는 없다는 것이다.

악비광은 눈앞에 날아오는 창을 보고는 다급하게 양팔을 교차시켰다.

순간 그의 양팔에 창대가 와서 꽂혔다.

팡.

악비광과 상대 사이에 파공성이 일며 흙먼지가 피어올랐다.

그들의 격한 대결 때문일까?

마차에 있어야 할 현비와 두 공주 그리고 강유찬까지 달려왔다.

당연하게도 양예신도 함께 그 광경을 구경할 수 있었다.

양예신도 호승심이 불타오르기는 마찬가지였다.

두 창술가의 대결을 보니 자신도 모르게 창대를 든 오른손에 힘줄이 불끈 솟았다.

이제 흙먼지가 가라앉았다.

그곳에는 창을 놓친 악비광이 양팔을 교차시킨 채 상대의 창대를 막고 있었다.

상대는 창대를 찔러 넣은 마지막 동작 그대로 멈춰 있었다.

마치 상대가 항복하지 않으면 그대로 마무리 짓겠다는 동작 같았다.

그때였다.

악비광이 교차한 양팔을 풀었다.

순간 상대도 창을 거두었다.

획.

악비광이 상대에게 정중히 포권했다.

"가르침 감사드립니다."

말투까지 변한 악비광의 모습에 상대가 웃었다.

"나도 많이 배웠소이다. 역시 산동악가의 창술은 매섭구려."

"산동악가를 아십니까?"

"강호에 산동악가를 모르는 사람이 어디 있다고 그리 놀라시오."

"하하."

악비광이 어색하게 웃었다.

대결에서는 패했지만, 상대가 가문을 칭찬하자 묘한 기분이 들었다.

말수는 적지만, 상대는 남을 배려할 줄 아는 사내였다.

악비광은 상대가 정파의 고인이라 판단했다.

"대체 왜 이런 일을 벌이신 겁니까? 제가 보기에는 정파의 고수분이 분명하신데요."

"찾을 사람이 있어서 잠시 산채에 머물게 되었습니다."

"찾을 사람이 누구입니까?"

"청운사신이라 불리는 분입니다."

"네?"

악비광이 눈을 크게 떴다.

어찌나 놀랐는지 자신이 잘못 들었나 하고 귀까지 만질 정도였다.

당황한 악비광의 모습에 상대가 물었다.

"혹시 아는 분입니까?"

"아는 분이……."

악비광은 말끝을 흐리며 고개를 돌렸다.

혼자 판단할 사항이 아니기 때문이다.

그도 그럴 것이, 대형으로 모시는 한빈과 관련된 일은 그리 가볍지 않았다.

본인이 의도한 것은 아니지만, 어딜 가든 큰 사건이 터진다.

만약 이번에도 큰 사건이 터진다면?

여기까지 생각한 악비광은 한빈의 정체를 밝히기 두려워졌다.

그때 한빈이 한 발 나왔다.

"마 대협, 오랜만이군요."

"그대는 누구신지……."

상대가 고개를 갸웃하며 한빈을 바라봤다.

그 모습에 한빈이 웃었다.

"예전에 한 번 만난 적이 있는 사람이올시다."

"혹시……."

"네, 맞습니다."

한빈이 웃자 상대가 한달음에 달려왔다.

"인사드리오! 나는……."

"쉿!"

한빈이 입술에 검지를 갖다 대자 상대가 표정을 굳혔다.

그 모습에 주변 사람들은 고개를 갸웃했다.

한빈은 상대와 수하들을 바라보며 물었다.

"일이 없으시면 가면서 얘기 나누실까요?"

"좋습니다."

한빈이 웃자 상대가 연신 고개를 끄덕였다.

그때 강유찬이 한빈이 있는 쪽으로 천천히 걸어왔다.

"저분은 누구신가?"

"오래전 은거한 고수십니다. 소군의 사숙이기도 하고요."

물론 거짓말이었다.

지금은 그의 정체를 밝힐 수 없었다.

주변인들의 표정을 보니 모두가 수긍하는 듯했다.

강유찬이 활짝 웃으며 상대의 앞에 한 발 다가갔다.

"아, 소군의 사숙이라면……. 하하, 인사드립니다. 금의위의 강유찬입니다. 소군의 사숙이라면 제게도 가족 같은 분이십니다."

그때부터였다.

악비광과 양예신도 상대에게 달려들었다.

소군의 사숙이라고 하니 반가울 수밖에 없었다.

소군은 설화와 청화를 따라다니는 일행의 귀염둥이이다.

한빈의 옆에 바로 붙어 있는 아이다 보니 남같이 느껴지지 않았던 것.

적혈맹호대 대원들도 눈 깜짝할 사이에 그에게 몰려들었다.

주변에 몰려드는 사람들을 본 그는 난감한 듯 슬쩍 시선을 피했다.

모두는 그와 인사하기에 바빴다.

이곳에서 소군의 정체를 정확히 아는 자가 몇 명이나 될까?

설화와 청화가 다른 임무로 떠나 있는 상태이기에, 소군의 정체를 정확히 아는 자는 없었다.

그러기에 그를 평범한 무인으로 알고 반가워하는 것이다.

인사가 끝나고 소란이 줄어들 때였다.

한빈이 강유찬을 바라봤다.

"대인, 부탁이 하나 있습니다."

"무슨 부탁인가?"

"임시 호위를 한 명 더 고용할까 합니다."

"임시 호위라면 혹시……."

"네, 소군의 사숙을 말씀드리는 겁니다. 소군을 만나러 왔으니 일단 칠음현까지는 동행해야 할 듯싶습니다."

"그건 자네가 알아서 하게. 이 행렬의 책임자는 자네가 아니던가? 그리고 개인적인 생각이지만, 소군의 가족이라면 나는 찬성일세."

가끔이지만 소군을 봐 왔던 강유찬은 흔쾌히 승낙했다.

미끼

한빈은 행렬의 뒤쪽에서 천천히 걸어가며 그와 대화를 나누었다.

상대의 정체는 다름 아닌 잔혈마창 마원이었다.

마원은 전에 한빈이 영단산에서 생사결을 펼쳤던 잔혈마도의 의형제였다.

또한 소군을 위해 마교를 뛰쳐나온 인물 중 하나였다.

마인이면서도 마교와 척을 진 자, 그것이 잔혈마창 마원의 정체성이었다.

분명히 북쪽으로 간다고 했는데 이곳에는 무슨 일일까?

그 의문을 풀기 위해서 행렬의 뒤쪽에 은밀한 자리를 마련한 것이었다.

한빈은 그가 왜 정체를 숨기고 있는지는 물어보지 않았다.

정체가 드러나는 순간 마교와 정파의 공적이 되는 것은 뻔한 일이기 때문이다.

하지만 그는 한빈이 묻지 않아도 먼저 이야기를 꺼냈다.

사건을 일으키지 않으면서 청운사신을 찾기 위해 이런 일을 벌였다고 했다.

그 말에 한빈이 웃었다.

이 정도로 미끼를 던져 놨으면 강호에 소문이 퍼질 만큼 사건을 일으킨 것이다.

고민한 결과가 이거라니!

물론 마원의 행동을 보면 이해가 되는 면도 있었다.

악비광과 대결하면서도 마교의 무공은 철저히 감췄으니까.

란나찰의 기분 창술만으로 악비광을 상대했다.

거기에 더해 그의 몸에서는 마기가 전혀 느껴지지 않았다.

이 정도면 노력했다고 봐도 될 것 같았다.

하지만 개방이나 하오문 사람을 붙들고 청운사신에 관해서 물어봤으면 더 빨랐을 것이었다.

설명을 이어 가던 마원이 한빈을 의심스러운 눈초리로 바라봤다.

"그런데 정말 당신이 청운사신의 후인이오?"

"그렇습니다. 이 기운을 보시고도 모르시겠습니까?"

한빈이 아무렇지 않게 용린의 기운을 끌어올렸다.

순간 마원이 고개를 끄덕였다.

"믿겠소. 아까도 그 기운 때문에 알아봤소이다."

"네, 당연히 믿으셔야죠."

한빈이 웃었다.

잔혈마창 마원과 처음 만난 것은 바로 유림 서원에서였다.

당시에는 하북팽가의 사 공자가 아닌 청운사신의 모습을 하고 있었다.

지금 마원이 찾는 것은 청운사신이지 한빈이 아니었다.

그런 이유로 마원은 자꾸 한빈의 신분을 확인했다.

한빈은 이제 본론으로 들어가기로 했다.

"잔혈마도를 찾아서 간다고 하지 않았습니까? 그런데 왜 돌아왔습니까?"

"북쪽에 발을 딛기도 전에 제지당했소이다."

"제지당했다고요?"

"백색 무복을 입은 집단이 나를 막았소이다. 모든 무사가 백색의 무복을 입고 있었소. 그들이 정한 자만이 북해로 들어갈 수 있었소이다."

"흠."

한빈이 턱을 어루만졌다.

마원의 얘기만 들어 봐도 분명히 백경의 세력이었다.

아마 백경의 선주 중 한 명일 가능성이 컸다.

"그래서 어찌 되었습니까?"

"그래서 청운사신에게 도움을 청하기 위해 다시 남쪽으로 내려왔소."

"그게 전부입니까?"

한빈이 고개를 갸웃했다.

아무래도 마원이 숨기는 것이 있을 듯해서였다.

마원의 표정을 살피던 한빈이 눈을 빛냈다.

"숨기고 있는 게 더 있죠?"

"없소이다. 청운사신을 만나게 해 주시오. 그리고 우리 소마군이 잘 있는지 확인하고 싶소."

그가 말한 소마군은 소군을 말함이었다.

한빈이 고개를 끄덕였다.

"소군은 잘 있습니다. 청운사신 어르신의 말대로 제가 잘 돌보고 있습니다."

마치 남 얘기하듯 청운사신을 일컬은 한빈이 아무렇지 않게 웃었다.

그 모습에 마원은 다시 한번 포권했다.

"감사드리오. 그런데 그분께서 고통을 겪지 않았소?"

"한 번도 고통을 겪은 적은 없습니다."

"다행이오."

"그건 그렇고 그냥 솔직하게 현재 상태를 말씀해 주시죠. 아무리 봐도 당신들이 처한 상황은 이상합니다. 천하의 잔혈

마창이 산속에 숨어서 청운사신을 기다리다니요. 상상도 할
수 없는 일이군요."

적이 보이면 들이박고 보는 게 마인의 특성이었다.

마교를 등졌다곤 해도 그 성격을 숨기는 것은 불가능했다.

마원이 고개를 흔들며 답했다.

"그럴 수밖에 없소."

"무슨 일입니까?"

"누군가가 우릴 쫓고 있소. 대의를 위해서는 몸을 숨길 수
밖에 없었소이다."

"잠시만요. 쫓기고 있다니, 그게 무슨 말입니까?"

"아마도 북해의 초입에서 마주쳤던 인물 중 하나가 분명하
오."

"그럼 백경의 인물이 당신을 쫓고 있다는 말인가요?"

"그자들이 백경이란 조직에 속한 자들이오?"

"그렇습니다. 저도 몇 번 마주쳤죠. 그자들이 당신을 쫓고
있다는 말씀입니까?"

한빈은 백경과의 관계를 일단 숨겼다.

마원이 고개를 끄덕였다.

"그렇소이다. 그런데 이유를 모르겠소이다. 그래서 행적을
감추고 청운사신을 찾는 중이오."

"그들이 이곳까지 쫓아왔습니까?"

"계속 기척을 드러내다가 보름 전부터 모습을 감추었소."

"보름이라……."

한빈은 고개를 갸웃하며 마원을 다시 봤다.

백경이 마원을 쫓을 이유 따위는 없어 보였다.

만약에 마교와 결탁한 백경의 세력이라면 아마 여기까지 쫓지 않고 그 자리에서 죽였을 것이다.

그때 마원이 다시 말을 이었다.

"도와줄 사람은 청운사신밖에 없소. 그러니 만나게 해 주시오."

"청운사신의 모든 것을 물려받았으니 제가 도와드리죠."

"그게 무슨 말이오?"

"청운사신 어르신이 할 수 있는 건 저도 할 수 있습니다."

"후인이라더니……. 광오하군."

"사실이니까요. 혹시 아직도 못 믿겠다면 증거를 보여 드리죠."

한빈은 품속에서 계약서 한 장을 꺼냈다.

그러고는 계약서를 마원의 눈앞에 펼쳤다.

촤르륵.

계약서는 청운사신과 마원이 서명한 진본이었다.

계약서를 본 마원이 고개를 끄덕였다.

"아, 알겠소이다."

"일단 추격자의 정체부터 밝히는 게 순서인 것 같습니다. 미끼가 되어 주시죠."

한빈이 의미심장한 웃음을 보였다.

이건 진심이었다.

백경의 조직이 잔혈마창을 쫓고 있다면?

분명히 잔혈마창은 그들이 필요한 뭔가를 가지고 있을 것이 분명했다.

백경에 필요한 물건이라면 한빈이 먼저 손에 넣는 것이 맞았다.

한빈은 잔혈마창이 아직도 모든 사실을 털어놓지 않았다고 확신하고 있었다.

한빈은 일단 생각을 정리했다.

마원의 부탁은 간단했다.

자신에게 붙은 꼬리를 떼고 북해로 갈 방법을 마련해 달라는 것이었다.

한빈에게는 둘 다 누워서 떡 먹기였다.

일단 중요한 것은 마원에게 붙은 꼬리를 확인하는 일이다.

한빈은 잔혈마창을 데리고 다시 행렬로 돌아왔다.

불안한 듯 주위를 살피는 잔혈마창에게 한빈은 옷을 내밀었다.

"이 옷으로 환복하시죠."

한빈이 내민 것은 마원과 수하들이 갈아입을 옷이었다.

그러지 않아도 진명이 데리고 있는 거한 두 명 때문에 평

미끼 295

범한 상인 무리로 보이지 않았다.

그런데 산적 복장을 한 마원의 무리까지 합류한다면, 상인의 행렬이 아니라 산적의 행렬로 보일 것이 분명했다.

잠시 후.

환복하고 온 마원과 수하들은 제법 깔끔해 보였다.

솔직히 말하면 저들을 마인으로 보는 사람은 아무도 없을 것이었다.

창을 놓고 맨몸으로 다닌다면 서생으로 봐도 될 정도였다.

그때였다.

한빈이 잽싸게 뒤를 돌아봤다.

뒤쪽에서 기척을 느꼈기 때문이다.

이것은 한빈만이 느낄 수 있는 기척이었다.

대략적인 거리는 적어도 오백 걸음 밖이었다.

돌아보는 순간 하얀색 신형을 얼핏 볼 수 있었다.

방금 마원이 말한 백경의 무사가 지금 모습을 감춘 자인 듯싶었다.

사실 한빈이 중원에서 백경과 충돌할 일은 없었다.

자신도 백경의 열두 선주 중 하나이기 때문이다.

반년 후 있을 회의에서 어떻게 될지는 모르겠지만, 일단 서준과 백려에게 선주로 인정받은 상황.

한빈이 뒤를 돌아보자 심미호가 물었다.

"왜 그러세요?"

"아무래도 꼬리가 붙은 것 같네."

"이렇게 위장하고 흔적을 지웠는데 꼬리가 붙다니요?"

심미호가 눈을 동그랗게 떴다.

심미호는 지금 완벽한 위장을 하고 있다고 자부하고 있었다.

오죽했으면 애지중지하던 곡괭이도 짐 마차에 넣어 뒀을까.

하루에도 몇 번씩 곡괭이를 꺼내 볼까도 했다가 누군가 자신을 지켜볼 수 있다는 생각에 참고 있었다.

그런데 꼬리가 붙었다니!

그녀의 표정을 본 한빈이 고개를 흔들었다.

"우리가 달고 온 꼬리가 아니고 새로운 호위들이 달고 온 꼬리야."

"그런데 저 사람들의 정체가 뭐예요? 아무리 봐도 소군의 친척 같지는 않은데……."

"왜 그렇게 생각해?"

"소군하고 닮은 곳이 한 군데도 없잖아요."

"뭐, 그럴 수도 있지. 한 부모 아래에서 태어나도 천차만별이니까."

"대공자와 주군처럼요?"

"뭐 비슷하지."

한빈이 피식 웃었다.

전생이라면 대공자, 즉 팽혁빈과 닮지 않았다는 것이 욕이 될 것이었다.

하지만 지금은 그저 웃고 넘길 일.

한빈의 활약 덕에 하북팽가의 위상이 올라갔으니 말이다.

반대로 몇몇 사람들은 한빈의 출생을 의심하는 자들마저 나왔다.

아무리 생각해도 하북팽가에서 한빈처럼 걸출한 인물이 나왔다는 게 이해가 안 된다는 것이 이유였다.

그때마다 대공자 팽혁빈과 집법당주 팽대위는 칼춤이라도 출 것처럼 인상을 썼다.

한빈은 진지한 표정으로 다시 말을 이었다.

"내가 심 부대주에게 부탁할 게 있거든."

"뭔지 몰라도 명 받들게요."

"들어 보지도 않고 승낙하는 거야?"

"주군이 내리시는 명이라면요."

"그래, 그 정신 상태 훌륭해."

"그런데 무슨 임무죠?"

"칠음현의 나루터로 가는 길에, 무슨 일이 일어나도 가던 길을 멈추지 마."

"네? 그게 무슨 말씀이에요?"

"어떤 일이 일어나도 멈추지 말고 그냥 직진해. 따라붙은 꼬리가 조금 수상하거든."

"주군이 상대의 정체를 눈치채지 못한 정도면 화경의 고수
가 아닐까요?"

"그것도 알 수 없어. 하얀 무복에 반박귀진? 딱 그 정도의
단서만 있네. 그리고 내 시선만으로 귀신같이 모습을 감추는
것을 보면 보통 인물이 아니야."

"적혈맹호대 모두에게 경계 태세를 내려 놓을게요. 그리고
주군의 말씀대로 현비 마마를 모시고 칠음현까지 멈추지 않
을게요."

"그래, 나는 심 부대주만 믿을게."

한빈은 사람 좋은 얼굴로 심미호를 바라봤다.

두 시진 후.

한빈이 손을 들었다.

"칠음현까지는 딱 이틀 거리가 남았다. 일단 오늘은 여기
서 쉬고 내일 출발한다."

한빈은 산등성이를 내려가기 전에 행렬을 멈췄다.

사실 산에서는 올라갈 때보다 내려갈 때 많은 사고가 일어
난다.

올라갈 때는 행렬을 멈추기 수월하지만, 내려갈 때는 가파
른 경사 때문에 행렬이 통제되지 않기 때문이다.

그런 이유로 어두워지기 전에 미리 자리를 잡는 것이 상책
이었다.

한빈의 지시에 적혈맹호대가 눈 깜짝할 사이에 자리를 마련했다.

한빈은 힐끔 현비가 탄 마차를 바라봤다.

얼핏 보니 그쪽은 강유찬이 자리를 정리하는 듯 보였다.

새로 합류한 마원 일행도 알아서 움직였다.

바닥에 짚을 깔고 그 위에 가죽을 펼친 후 가운데에 모닥불을 피울 준비를 했다.

모든 준비가 끝나자 한빈이 마원을 불렀다.

"자, 이제 슬슬 시작할까요?"

"알겠소이다."

마원이 비장한 표정으로 고개를 끄덕였다.

둘이 막 공터를 벗어나려 할 때였다.

뒤쪽에서 악비광이 따라왔다.

"형님."

"악 아우, 무슨 일이야?"

한빈이 눈을 가늘게 뜨고 묻자 악비광이 입꼬리를 올리며 답했다.

"저도 돕겠습니다, 형님."

"무슨 일인지는 알고 돕겠다는 거야?"

"딱 봐도 돈 되는 일 아닙니까? 형님."

악비광의 말에 한빈이 눈을 가늘게 떴다.

마치 속마음이라도 읽었다는 듯 고개를 끄덕이던 한빈이

물었다.

"돈 되는 일이라고 확신하는 것 같은데, 이유가 뭘까?"

"형님의 미소가 증거입죠. 이 아우는 형님의 속마음을 훤히 알 수 있습니다. 저도 이 판에 끼워 주시죠."

악비광이 희미하게 웃었다.

그 웃음에 한빈도 마주 웃었다.

한참을 웃던 한빈이 고개를 끄덕였다.

"그래, 도와주겠다는데 성의를 무시할 수는 없지."

"그럼 허락하시는 겁니까?"

"당연히 허락해야지."

"역시 형님이십니다. 제 무공을 인정해 주시는군요. 양 형에게는 절대 얘기하지 마십시오. 저만으로도 충분하니 말입니다."

"그래 양 아우에게는 절대 얘기하지 않으마. 양 아우는 그러지 않아도 현비 마마 옆에서 바쁘니 말이야. 그런데⋯⋯."

한빈이 말끝을 흐리며 의심 가득한 눈으로 바라봤다.

악비광이 움찔하더니 잽싸게 물었다.

"왜 그런 눈으로 보십니까?"

"생각해 보니 현비 마마가 가문의 사람이라고 하지 않았나? 전에 들었던 것 같은데."

"그야 그렇죠."

"그런데 내 옆에 있어도 되겠나?"

"우리 가문에서 가장 중요시하는 건 생존력입니다. 말하자면 각자도생이죠."

"훌륭하군."

"그럼 허락하는 것으로 알겠습니다. 일단 창부터 가지고 오죠."

"그래, 늦으면 우리 먼저 출발할 테니 그리 알아."

"네, 형님."

악비광이 고개를 꾸벅 숙이더니 노래까지 흥얼거리며 급하게 자리로 돌아갔다.

그 모습을 보던 마원이 물었다.

"이래도 되겠소이까? 사람이 많으면 적이 숨어 버릴 수도 있지 않소."

"상관없습니다. 뭐, 미끼야 넉넉하면 넉넉할수록 좋은 거니까."

"적은 생각보다 치밀하오. 절대 만만히 봐서는 아니오."

"만만히 보지 않습니다. 우리보다 전력이 아래라고 할 수 없습니다. 마 형은 얼마나 멀리 떨어진 곳의 사물까지 관찰하실 수 있습니까?"

"그야 삼백 걸음 밖의 사람도 알아볼 수 있소이다."

"적은 오백 걸음 밖의 사람을 알아봅니다. 거기에 기척까지 기가 막히게 숨기죠. 적은 우리의 기척을 눈치채는데 우리는 적의 기척을 눈치 못 채고 있는 상태라는 말입니다."

"그걸 어떻게 아시오?"

"방금 눈이 마주쳤으니까요."

"상대를 봤단 말이오?"

"정확히는 눈빛만 봤습니다."

한빈의 말은 사실이었다.

하도 빨라서 상대를 확인하지 못했지만, 안광은 정확히 기억하고 있었다.

그때 악비광이 콧노래를 흥얼거리며 창대를 어깨에 걸친 채 걸어왔다.

한빈의 앞에 선 악비광이 환하게 웃으며 물었다.

"형님, 제 임무는 무엇입니까?"

"우리는 지금부터 적을 찾는다. 적은 전방 오백 걸음 반경 안에 있다."

"알겠습니다. 그런데 제게도 조금 떼어 주시는 거죠?"

"그래, 떼어 주마. 그게 뭐가 될지는 모르겠지만……."

한빈이 사람 좋은 얼굴로 고개를 끄덕였다.

마원은 악비광을 안타까운 눈으로 바라보았다.

악비광은 좌측으로 빠르게 달려갔다.

반대로 마원은 우측을 중심으로 달려갔다.

둘은 넓게 벌어진 부채꼴 모양으로 양쪽으로 달려가며 기세를 끌어올렸다.

그들의 기세 때문인지 산짐승들이 놀라서 황급히 자리를 떴다.

한빈은 중앙에서 기척을 죽이고 전진했다.

방금 파악한 적의 움직임에는 조금 묘한 구석이 있었다.

기세를 피우고 쫓을 시, 보통의 추격자라면 일단 몸부터 숨긴다.

하지만 적은 기척을 감춘 채 계속 악비광과 마원을 관찰하고 있다.

덕분에 한빈은 적과의 거리를 점점 줄이고 있었다.

사사 삭.

사실 한빈이 이렇게 수월하게 적에게 접근할 수 있는 이유는 반박귀진 덕분이었다.

구걸십팔보를 팔 성까지 펼쳐도 반박귀진 덕분에 기척을 들키지 않을 수 있었던 것.

적은 일정한 거리를 유지하고 있었다.

일정한 거리를 유지하며 왼쪽의 악비광과 오른쪽의 마원을 경계하고 있는 것.

한빈이 느끼기에 적은 최소한 마원보다는 윗줄의 고수였다.

하얀 무복에 마원보다 경지가 높은 고수라면?

역시나 백경의 사람이라고 봐야 했다.

그것도 보통 사람이 아니니, 선주가 직접 마원을 추적하고 있다고 봐야 했다.

여기까지 생각한 한빈은 자신도 모르게 입꼬리를 올렸다.

백경의 선주가 탐할 물건은 자신에게도 유용할 것이었다.

한빈은 조금 더 속도를 냈다.

사사 삭.

속도를 높이자 달빛 아래 희끄무레 적의 신형이 얼핏 보였다.

대충 전방 이백 걸음.

그때였다.

적이 갈지자로 움직이기 시작했다.

한빈의 기척을 눈치챈 것이다.

적과의 거리가 점점 벌어지자 한빈도 속도를 높였다.

한빈은 이제 반박귀진을 풀었다.

그러고는 구걸십팔보를 극성까지 펼쳤다.

순간 한빈의 신형이 전보다 두 배 이상 빨라졌다.

사실 다른 이들이라면 경공술이 아무리 뛰어나도 이리 빨리 밤길을 헤치고 지나가지는 못한다.

다른 이 같았으면 부딪히고 넘어지기 바쁠 것이었다.

하지만 한빈이 누구던가.

한빈은 숲속의 결을 알고 있었다.

이것은 추격술의 기본이었다.

이곳까지 오면서 한빈은 숲속의 모든 것을 머릿속에 넣어 뒀다.

나무의 위치와 바위 그리고 냇물이 지나가는 곳까지 말이다.

지의 구결이 없었다면 불가능한 일이었다.

제갈량이 현신한다면 몰라도, 현 무림에서 모든 지형을 머리에 넣고 밤길을 달릴 수 있는 자는 자신밖에 없으리라 장담할 수 있었다.

그것도 잠시, 한빈은 고개를 갸웃했다.

상대와의 거리가 줄어들지 않는다는 것을 알아챘기 때문이다.

상대와의 거리는 정확히 이백 걸음.

이백 걸음을 기준으로 줄어들지도 않고 늘어나지도 않았다.

과연 어떻게 된 일일까?

휙휙.

나뭇가지가 한빈의 어깨를 연달아 스쳤다.

하지만 한빈은 신경 쓸 수 없었다.

모든 것을 적에게 집중했기 때문이다.

이렇게 밤에 산길을 달릴 수 있다고?

한빈처럼 산길을 모두 머릿속에 넣어 놓고 있거나 감각이 짐승만큼 뛰어나지 않다면 불가능한 일이었다.

아니, 속도로 봐서는 짐승도 불가능한 일이다.

지금 한빈은 늑대보다도 몇 배나 빠른 속도로 산길을 달리고 있으니 말이다.

이백 걸음 밖에서 보이는 희끗희끗한 복장은 마치 신기루 같았다.

아무리 신선의 무공을 사용하는 백경의 선주라도 이렇게 밤길을 누빈다는 것은 한빈도 이해할 수 없었다.

한빈은 적에 대한 생각을 바꿔야 했다.

처음으로 적이 백경의 사람이 아니라는 가능성을 열어 둔 것이다.

그렇다면 과연 누굴까?

휙휙.

앞으로 치고 나가던 한빈은 힐끔 고개를 돌렸다.

왼쪽에서 희미하지만 연달아 비명이 들려왔기 때문이다.

한빈은 그것이 악비광의 목소리라는 것을 알고 있었다.

그렇다고 악비광을 걱정하지 않았다.

악비광의 비명은 당연했다.

한밤에 산속을 이렇게 누빌 수 있는 사람은 없으니까.

당연히 돌에 걸리거나 잘못하면 냇물에 빠질 테고 짐승을 만날 수도 있는 일이었다.

잘못 발을 디뎠다가는 독사를 밟을 수도 있었다.

하지만 악비광은 초절정의 무인이었다.

최소한 자신의 목숨은 지킬 수 있는 자였다.

한빈은 힐끔 하늘을 올려다봤다.

오늘따라 구름이 달빛을 가려서 그런지 답답하게만 느껴졌다.

순간 한빈은 피식 웃었다.

왠지 진흙 속에서 진주를 찾는 기분이 들었기 때문이다.

어둠 속에 묻혀 있는 백색 신형이 진주처럼 생각되는 것은 왜일까?

돈이 될 것 같다던 악비광의 말이 현실이 될 것 같은 느낌이 들었다.

물건이나 돈이 아니더라도 상대에게 천급 구결이라도 건질 수 있을 것만 같았다.

그도 그럴 것이 상대는 자신과 너무도 비슷했다.

경공술의 경지도 그렇지만, 상대는 지형과 적을 파악하는 방법으로 후각을 사용하는 것이 분명했다.

무공도 무공이지만, 상대는 오감이 발달한 자였다.

"묘하게 기대되네."

혼잣말을 뱉은 한빈이 속도를 줄였다.

이제 상대를 확인할 때가 되었기 때문이다.

한빈이 무작정 상대를 이곳으로 몰아붙인 것은 아니었다.

오백 걸음 뒤쪽에는 낭떠러지가 있다.

낭떠러지 아래는 뾰족하게 솟아난 바위들이 튼튼하게 자

리를 잡고 있었다.

강이라면 뛰어들기라도 하지.

그곳으로 몸을 던진다면 누구도 무사할 수 없을 정도로 험했다.

물론 한빈도 마찬가지다.

아마도 기사회생을 쓰기 전에 정신을 잃을 것이다.

한빈은 속으로 남은 거리를 계산했다.

'사백 걸음……. 삼백 걸음!'

드디어 적의 기척이 멈추었다.

한빈의 작전이 먹힌 것이다.

이제 적을 확인할 차례였다.

만약에 한빈이 감당 못 할 적이라면?

한빈은 재빨리 다른 방향으로 튈 생각이었다.

행렬은 심미호가 맡아서 잘 이끌 것이다.

한빈이 돌아오지 않는다고 해도 곧바로 칠음현을 거쳐 불광사로 향하라고 했다.

중간에 칠음현까지 가면 그곳에는 초아를 비롯한 수하들이 대기하고 있을 것이다.

거기에 더해 칠음현에는 꽤 많은 군사가 주둔하고 있었다.

그곳까지만 가면 현비의 안전은 신경 쓰지 않아도 된다.

드디어 백 걸음!

혹시 모를 결전에 대비해서 짐을 덜어 낸 한빈은 가벼운 마음으로 적을 향해 걸어갔다.

터벅터벅.

한빈은 일부러 발소리를 냈다.

이것은 상대에 대한 예의였다.

이곳에 도착했으니 통성명이라도 하자는 뜻이었다.

장장 두 시진에 걸친 추격전은 이제 끝이 났다.

낭떠러지를 향해 걸어가던 한빈은 고개를 갸웃했다.

분명히 전방에서 적의 기척이 느껴지는데, 아무것도 보이지 않았기 때문이었다.

"진법, 아니 은신술인가?"

한빈은 더욱 눈을 가늘게 떴다.

이상한 것은 진법이나 은신술의 흔적이 없었다는 점.

강호에서 최고로 은신술을 잘 쓰는 고수를 꼽으라면 사람들의 의견은 분분할 것이었다.

최고의 도둑으로 불리는 신투(神偸) 혹은 진법과 환술에 능한 정의맹의 군사 제갈공민을 꼽는 자도 있을 것이다.

하지만 한빈이 생각하는 은신술의 대가는 자신이었다.

전생의 경험 덕분이었다.

귀검대주로서 진법과 은신술로 수많은 위기를 넘겼다. 그뿐이 아니라 적들의 은신을 간파하고 역으로 함정을 팠던 적도 많았다.

그런데 이번만은 은신이나 진법의 흔적이 전혀 보이지 않았다.

그때였다.

조그만 바위 뒤에 희끄무레한 옷자락이 눈에 띄었다.

사람이 숨을 수 없는 그런 조그만 바위였다.

"어서 나오시죠!"

한빈이 낮게 외치며 돌을 주웠다.

그러고는 하늘 높이 던졌다.

쌩!

한빈이 던진 돌멩이가 하늘 높이 솟구쳤다.

돌멩이는 마치 새라도 된 듯 하늘에서 잠시 멈췄다.

살짝 흔들린 돌멩이가 갑자기 아래로 떨어졌다.

아무렇지 않게 던진 것 같아도 백발백중의 초식이 담겨 있는 한 수였다.

슝!

마치 유성처럼 아래로 떨어지는 돌멩이는 정확히 바위 뒤쪽을 향하고 있었다.

한빈은 팔짱을 끼고 상대가 나오기를 기다렸다.

"셋, 둘, 하나!"

순간 바위 뒤에서 흰색 옷자락이 튀어나왔다.

휘릭.

눈 깜빡할 사이에 옆으로 움직이는 상대를 본 한빈은 고개를 갸웃하며 구걸십팔보를 펼쳤다.

속도를 맞추면서 상대를 확인하던 한빈의 입가에서 한숨이 흘러나왔다.

"휴, 대체 넌 뭐냐?"

한빈의 질문에 상대는 답하지 않았다.

정확히 말하면 상대는 한빈의 질문에 답할 수 없었다.

지금 움직이고 있는 것은 사람의 옷자락이 아니었다.

상대는 사람이 아닌 털이 난 짐승이었다.

하얀 털에 네발 달린 짐승.

얼핏 봤다면 하얀 강아지로 착각할 정도의 크기였다.

조그만 짐승이 산길에서 움직이니 사람의 옷자락으로 착각하는 것도 무리는 아니었다.

이해가 안 되는 것은 놈의 속도였다.

놈의 속도는 한빈이 구걸십팔보를 펼치는 만큼 빨랐다.

다음 권으로 이어집니다